講談社文庫

増加博士の事件簿

二階堂黎人

講談社

増加博士の事件簿

Contents

Reito Nikaido

The Casebook of Dr.Zouka

ダイヤのＪ《ジャック》

ズシン、ズシンと地響きがした。

間違いようがなかった。天下の名探偵・増加《ぞうか》博士が、犯罪現場に到着した音だった。巨人王ガルガンチュアにもたとえられる肥大漢で、どこにいても、大変な存在感があった。

「ああ、増加博士。よく来てくれました！」

安堵《あんど》の表情と共に出迎えたのは、警視庁の羽鳥《はとり》警部だった。

「おお、バッカスよ！　こんな夜更けに、おぬしはこの老骨をわざわざ呼び出し、いったい何をさせようというのかね？」

と、増加博士はぜいぜい喘《あえ》ぎ、喉《のど》の弛《たる》んだ贅肉《ぜいにく》を震わせながら言った。

犯罪現場は、銀座《ぎんざ》の高級クラブである。地下一階にあり、増加博士が急な階段を下りてくるのは、かなりの難儀だった。

「もちろん、いつものように、事件を解決してほしいんですよ。あなたの名推理でね」

羽鳥警部は、どちらかというと痩身《そうしん》だった。両手に一本ずつ持った二本の杖《つえ》で全体重を支えている増加博士と並ぶと、まるでマッチ棒のように見える。

「それはかまわんが、せっかくだから、ビールを一パイント飲ませてくれんか」

赤ら顔で、鍾馗鬚《しょうきひげ》を生やした名探偵は、熱心に頼んだ。

「すみません。それは、仕事の後にしてください」

「そうか。では仕方がない。事件の概要は？」

「このクラブでは、深夜を過ぎると、非合法のポーカー賭博《とばく》が行なわれていたんです。で、今夜、そのメンバーの一人が刺殺されました」

増加博士は、大きな顔を巡らし、店内を見回した。豪華で派手な意匠で統一されていて、あちこちに金色の装飾や鏡がある。右手には綺麗《きれい》に磨かれたカウンターがあり、棚には高級な酒がズラリと並んでいた。反対側の壁際には、紫色のベルベットで覆われたボックスが五つあり、ホステスたちが刑事から事情聴取を受けているところだった。

「ここで、殺人があったのかね」

増加博士は、腑《ふ》に落ちない顔で尋ねた。カウンターにもテーブルの上にも、特に乱れた感じはなかったからだ。

「いいえ、この奥に秘密の部屋があるんです。そっちが賭博場です」

羽鳥警部はそう言って、非常口から裏手の廊下に出て、突き当たりの部屋へ増加博士を案内した。

賭博場として使われているその部屋には、六角形のポーカー・テーブルが置かれていた。被害者は長身痩軀《そうく》の男で、夜会服を着ている。革張りの椅子《いす》に座り、上半身をテーブルの上に投げ出していた。背中には果物ナイフが深々と刺さっていて、根本からは、真っ赤な血が滲《し》み出ていた。

「ナイフは店の物です。後ろから、心臓をグサリですよ」

と、羽鳥警部は顔をしかめながら言った。

増加博士は地響きを立てながら、被害者に近づいた。

「ゲーム中だったのかね」

「いいえ。他の参加者の話だと、休憩中だったということです。他の者は、トイレに行ったり、飲み物を取りに行ったりしていました。で、最初に戻ってきた者が、この死体を見つけたというわけです」

「被害者の身元は？」

「マック奥山《おくやま》。本名、奥山伸也《しんや》。奇術師です」

「ほほう。だから、ビーのカードを握って死んでいるというわけかね」

と、増加博士は、リボン付きの鼻眼鏡を掛けると、テーブルの上をじっくり観察しながら言った。俯《うつぶ》した顔や腕の下に、バラバラになったトランプとたくさんのチップが散らばっている。

「ビー？」

と、羽鳥警部は問い返した。

「カード、つまり、トランプの銘柄さ。ビーとかバイスクルとか、いろいろある。それから、カードには、このポーカー・サイズと、これよりやや小さなブリッジ・サイズがあるのじゃよ」

「なるほど」

「もう指紋採取は終わったのかね」

増加博士は、横目で羽鳥警部を見た。

「ええ」

増加博士は、杖の一つをテーブルの脇に置いた。そして、死人の指を開くと、その右手の中にあったカードを確認した。強く握りしめられたために、グシャリと曲がっていた。

「おお、アテネの司政官よ！」

「そうなんですよ。死人は、半分に千切《ちぎ》ったカードをつかんでいたわけです」

「ふむ。これは面白い。重要な手がかりじゃぞ」

「増加博士。カードのもう半分は、死人の足下《あしもと》に落ちています」

羽鳥警部は、被害者の足下を指さした。

名探偵は一歩後ろに下がり、それを見下ろしてから、また死人の手にあるカードへ視線を戻した。

「赤のカードか。ダイヤのＪ《ジャック》じゃな」

「そうです」

「つまり、これは、ダイイング・メッセージというわけじゃな。犯人に襲われた被害者は、絶命する寸前に、すぐ手近にあったカードの中から一枚を取り、それを半分に千切って、握りしめたわけだ」

「そのようですね」

「人間というものの頭脳は、死の寸前に、神のような比類なき発想を示すと言われておる。この男も、一瞬の間に考え、こうすれば、絶対に犯人の名前を誰かに告げられると考えたのだろう。それで、ダイヤのJを半分にして、握りしめたんだ」

「ジャックというくらいだから、犯人は、男でしょうか」

羽鳥警部の問いには答えず、増加博士は、テーブルの上をもう一度見回した。

「手の届く所に、青のカードの山もあるな。こちらはまったく崩されておらん。ということは、あえて、赤のカードを選んだということじゃろうな」

「私もそう思います」

増加博士は、顎鬚《あごひげ》を手で撫《な》でながら考えつつ、

「容疑者はいるのかね」

と、質問した。

「はい。四人います。丹沢広司《たんざわこうじ》、末国退蔵《すえくにたいぞう》、土守太郎《つちもりたろう》、楠田頼子《くすだよりこ》の四人です。被害者と一緒に、ポーカーを夜通しやっていました。そして、四人とも、かなり負けていたんです」

「現金勝負かな？」

「そうです。で、被害者のポケットから現金がなくなっていました。三百万円はあったはずです」

「つまり、犯人は、巻きあげられた金を盗むために、この男を殺害したと言うのじゃな」

「犯行動機はそれで間違いないでしょう」

「容疑者はどこにいる？」

「従業員用の控室の方で、一人ずつ、事情聴取をしているところです」

「金は見つかったのかね」

「いいえ、今のところまだです。誰が犯人にしろ、どこかに隠したのだと思います」

「そのことは、犯人を特定して、締め上げれば吐くじゃろうな」

「そのためにも、犯人が誰なのか解らないと困るわけです」

「ダイイング・メッセージの第一の存在意義はな、犯人を指名することにある。このダイヤのＪが、犯人の名を語っておるのさ」

「誰のことだと思いますか」

「まあ、そう焦るな。この老骨にも少し考える時間をくれ。推理のための素材となるものを列挙してみよう。ビー、カード、トランプ、赤、ダイヤ、Ｊ、ジャック、何かの半分――こんなところかな」

「そうですね」

「もしも、被害者がつかんでいたカードがQ、すなわちクイーンだったとするならば、女を疑える。その場合、犯人は女である楠田頼子ということになるが、今回は該当しないな。

また、ハートのキングであれば、顎鬚を生やした人物を示す可能性もある――知っているかね、羽鳥警部。ハートのKだけは、口髭を生やしておらんのを」

「いいえ。そうなのですか」

「ああ、そうなのじゃ。顎鬚しかない」

「容疑者は、誰も髭を生やしていませんよ。顎鬚も口髭もね」

「容疑者の職業は？」

「丹沢広司が銀行員、末国退蔵が商社員、土守太郎が公務員、楠田頼子が書店員です。年齢は、順に、五十三、四十八、三十六、三十五歳です」

「おお、バッカスよ！　アテネの司政官よ！　なるほど、そういうわけか。被害者は実に頭が良い男だ。さすがは奇術師だ。常に、カードを扱っていただけのことはある。カードについて、精通しておったわけじゃな！」

と、増加博士が興奮して怒鳴《どな》った。

「どうしたんですか」

びっくりして、羽鳥警部は尋ねた。

「犯人が解ったんじゃよ、君。犯人は、土守太郎じゃよ。首を賭《か》けたっていい！」

「どうしてそう言えるんですか」

「ダイヤのＪが、半分に千切られておったからさ。決まっておるだろう。絵柄を見たまえ、赤いカードが半分になって、ジャックの上半身だけが、ダイイング・メッセージとして使われたわけだ」

「ええ」

「〈赤〉という字を真ん中で半分にして、上の部分だけに注目してみたまえ。〈土〉という字になるではないか。つまり、それは、土守太郎の〈土〉を指し示しておるのだよ。彼が犯人に違いない！」

増加博士は、目を輝かせながら断言した。

狐火《きつねび》のマジック

ズシン、ズシンと地響きがした。

名探偵としてあまねく知られている、増加博士のお出ましだった。二本の杖に巨体を預け、ゆっくりと、殺人の現場に入ってきた。

「おお、羽鳥警部。今回は、不可能犯罪だと聞いたが、本当かね」

と、増加博士は、旧来の友人に尋ねた。

室内だが暖房は入っておらず、東北の山村だけあって、空気が冷たく、息が白く煙った。

「ええ、そうなんですよ。他殺なのは確実なのに、犯行現場付近に、犯人の足跡がまったく見当たらないのです。不思議です」

「ふむ。興味深い話じゃな。じっくりと、事件の内容を、教えてもらうとするか」

「詳しく語る必要もありません。状況は明白です。殺人があったのは、我々が今いる、このゴマ油の工場です」

「ほほう。なるほど。この香ばしい匂《にお》いは、ゴマ油のものじゃったか」

と、増加博士は言い、海賊のような鬚を生やした、丸々と太った顔を横に動かした。

周囲には、ゴマを炒《い》る鉄の大釜や、ゴマの油を絞って濾過《ろか》する装置や、ビン詰用の機械などが所狭しと並んでいた。床も、油でヌラヌラしていて、滑りやすくなっていた。

羽鳥警部は、深く頷《うなず》いて答えた。

「そうです。〈千成《せんな》り瓢簞《びょうたん》製油〉というのが、この工場の正式な名前です。少し離れた所にあった屋敷が、この工場の社長宅で、殺されたのは、社長の豊臣大之助《とよとみだいのすけ》氏です」

「なるほどな。豊臣だから、豊臣秀吉《ひでよし》にちなんで、〈千成り瓢簞〉か――で、殺人の容疑者はいるのかね」

と、増加博士は尋ねた。

「います。被害者には、息子が三人と、娘が一人いまして、跡目争いをしていたんです。近々、遺言状を書き換える予定だったそうで、新しい遺言が書かれていたとすれば、全財産が、娘と娘婿《むすめむこ》にいくはずでした。したがって、それを阻止するため、息子の一人が、父親を殺したのだと考えられます」

「息子たちの名前は？」

「大太郎《だいたろう》、大二郎《だいじろう》、大三郎《だいざぶろう》です。年齢は、四十七歳、四十四歳、四十歳で、それぞれ妻と子供がいます。被害者の妻は、三年前に亡くなっています」

「彼らが、結託して、犯行に及んだということはないのかね」

「それはありません。昔から、この兄弟は、非常に仲が悪いんです」

「ふむ。で、犯行は、いつ頃あったんじゃ？」

「検死医の見立てでは、犯行時刻は、夜中の午前二時頃です。死体が発見されたのは、今朝の八時頃です。家政婦が、母屋《おもや》に大之助氏がいないので、工場まで探しに来たのです。朝食の用意ができたのに、彼が顔を見せないので、変に思ったそうです」

「で、ここへ来てみると、大之助氏は、後頭部を斧《おの》で割られ、俯せに倒れていたのだな？」

と、増加博士は、死体を見て言った。

増加博士ほどではないが、大之助氏もかなり太っていた。年齢は六十八歳。綺麗な禿頭《はげあたま》で、そこに、柄の付いた黒光りする斧が、グサリと刺さり、周囲に鮮血が流れ出ていた。

「で、問題となる点は何じゃね、羽鳥警部?」

「外には、四、五センチほどの積雪があります。昨夜は、深夜から三時頃にかけて、雪が降っていたんです。そして、母屋から、この工場まで、雪の上には、一筋の足跡しか残っていません。つまり、被害者が、ここへ来た足跡しか存在しないわけです」

「おお、バッカスよ! だから、〈犯人の足跡のない殺人〉なのだな!」

と、増加博士は、大声を出した。

「そういうことです。この工場の周囲、二十メートル以上にわたって、何もありません。ただ、雪の積もった平らな地面が広がり、被害者の足跡が続いているだけです」

「母屋の玄関からここまで、ずっとビニールシートが敷いてあるのは、そのためか」

「そうです。念のため、雪の上の足跡を保存してあるわけです。博士を、建物の裏口から御案内したのも、なるべく、足跡や、その周辺の積雪を乱したくないと思ったからです」

「足跡は、全部でいくつあった?」

「は？」

「被害者は、何歩で、ここまで歩いてきたかと、訊《き》いておるのだよ」

と、増加博士は、何事か考えながら、羽鳥警部に確認した。

羽鳥警部は、恐縮顔で言った。

「さ、さあ。すみません。歩数までは数えませんでした。ですが、形からすると、被害者の履いている長靴のもので間違いはないようですが……」

増加博士は、死体を観察しながら、

「被害者の背丈は、百七十センチメートルくらいじゃな。とすると、歩幅は、八十センチといった感じだろう。単純計算でいくと、距離二十メートルは二千センチだから、八十で割って、二十五歩というところだな。それくらいの数の足跡が、積雪の上に付いているはずだ」

「すみません。すぐに調べます——」

そう言って、羽鳥警部は、鑑識員を呼んで、調査を命じた。そして、その推理が正しいことが判明した。

増加博士は腕組みして、

「雪が降り続いていたとすると、靴跡は、くっきりしたものではないのでは？」

「そうです。少し崩れています――それが、何か？」

と、羽鳥警部は怪訝《けげん》な顔をした。

「もしかして、その点に、何か細工の余地《よち》はないかと思ったわけじゃ。そうでなければ、犯人は、空を飛んだということになる」

「そうですね。あり得ないと思いますが……良かったら、足跡を直《じか》に見てください」

と、羽鳥警部は増加博士を工場の入口まで案内し、ビニールシートをめくった。

増加博士は、鼻眼鏡を掛けて、足跡の形や付き方を子細に調べた。

「うむ。特に、異常は認められんな。後ろ向きに歩いたのなら、もっと千鳥足のように乱れるはずだしな」

「後ろ向き？」

「被害者も犯人も、まだ雪が降る前にこの工場に来ていたとしよう。殺人を犯した後、犯人は雪がやむのを待って、後ろ向きに歩き、母屋まで戻るわけじゃよ。そうすると、一見、母屋から工場へ、被害者が歩いてきたように見える。しかし、そういう細工の跡は見当たらないようだ……」

「なるほど」

「ところで、犯行時刻に、容疑者たちは、どこにいたのかな？」

「全員が、ずっと、母屋にいたと言っています。あの母屋はかなり広くて、奥が四つの住居部に分かれており、それぞれの家族が住んでいるんです」

「ふうむ」と、喉を鳴らし、増加博士は顎鬚を撫でた後、「昨夜、誰か、家の外で、何か不審なものを見た人間はおらんかな。あるいは、不審な音とかでもかまわないが」

「そうそう。あります、あります。死体を発見した家政婦なのですが、夜中に便所に行きました。その時に、二階の廊下の窓から外を見て、あるものが目に入り、驚きました」

「彼女は、何を見たんじゃ？」

増加博士は、その情報に強い興味を示した。

「狐火です」

「何じゃと？」

増加博士は、丸い目をもっと丸くした。

「狐火です。この地方の伝説なんですよ。人が死ぬ時、死の国から、神の使いの狐が訪れ、死者の魂をあの世まで案内すると。そして、狐は送り火を灯《とも》すのです。家政婦は、それを見て腰を抜かし、朝まで自室で布団を被《かぶ》って、震えていたというんですよ」

「狐火は、どこで燃えていたんじゃね」

「玄関のすぐ前だったそうです」

「そうか。なるほどな。これは、ビールで、盛大に乾杯せねばならないようじゃな」

と、増加博士は満足げに言った。

「と言いますと？」

「その証言で、犯人の用いたトリックが解ったんじゃよ」

「ええっ？」

「たぶん、犯人も被害者も、雪が降る前から工場にいたのさ。殺人を犯して逃げようとしたところ、雪が降り積もっている。そのまま逃げたら、足跡から自分が犯人だと解ってしまう。それで、策を弄《ろう》したのだ。

犯人は、被害者の靴を脱がし、粘土か何かで、靴底の型を取ったのだろうな。そして、そこにゴマ油を流し込み、冷気に晒《さら》して凍らしたのじゃ。ゴマ油は凝固点が意外に高くてな、ほとんど水と変わらない。昨夜ほどの冷え込みなら、一時間もあれば凍るはずだ。

そうして、油の靴型を四つ作り、雪の上に、人間が歩いた足跡と同じ歩幅で置くのさ。つま先が工場を向くようにしてな。そして、その上を踏みながら、母屋まで戻るのだよ。二つを雪の上に置いたら、その上に乗り、前の二つを母屋側へ移動させ、また自分がそこへ飛び移る——こういう方法で進むわけさ。

最後に、玄関まで来て、犯人は、ゴマ油で作った靴型に火を点《つ》けた。証拠隠滅のためじゃ。燃やして溶かし、雪に染み込ませたのさ。

つまり、家政婦が見たのは、その火じゃよ。彼女は、ゴマ油が燃えているのを、狐火と勘違いしたのさ」

「何と！　そんな手でしたか！　巧妙だ！」

羽鳥警部は、真実が解り、大喜びした。

「確かにな。頭の良い犯人じゃな」

「で、犯人は、三人の息子のうち、誰ですか」

羽鳥警部が尋ねると、増加博士はふふんと鼻を鳴らし、愉快そうに答えた。

「そのくらいは、おぬしたち、警察が自分で調べても罰は当たるまい」

ドラキュラ殺人事件

ズシン、ズシンと、廊下で地響きがした。

警視庁の羽鳥警部があわててドアをあけると、二本の杖を突きながら、やたらに太った老人が入ってきた。

「おお、バッカスよ！　羽鳥警部。今回はどんな不可能事件が起きたのかね？」

部屋の中をぐるりと見て、増加博士が大声で尋ねた。

羽鳥警部は困ったような顔で、言った。

「すみません。増加博士。今回は、特別な謎もないし、容疑者も特定できているんです」

「ほほう。本人は犯行を認めたのかね」

「いいえ、否定していますが――」

「だったら、わしの出番があるかもしれんぞ、羽鳥警部。だいいち、被害者は、筋金入りの吸血鬼マニアだったようじゃな」

と、もう一度、室内をじっくりと見回し、増加博士はそう断定した。十畳ほどのワンルームで、右手の壁際に、大きな蠟燭《ろうそく》を何本も立てた奇妙な祭壇があるのが特徴だった。

「どうして解りました?」

羽鳥警部は、ギクリとしながら答えた。

「無論、観察のたまものじゃよ。部屋は壁も床も天井も黒く塗られ、窓には分厚くて黒いカーテンが掛かっている。照明にも黒く煤《すす》けたカバーが付いていて、祭壇の上には血液パックがうやうやしく飾ってある。天井には黒く塗った鉄棒が何本も吊ってあり、しかも、部屋の中央には大きな木製の棺《ひつぎ》が置かれている。床には胸を銃で撃たれた死体が転がっているが、黒いスーツどころか、黒いマントまで身に付けている。さらに、何かで真っ赤に塗られた口には、差し歯だと思うが、大きな犬歯が覗《のぞ》いているじゃないか。これだけの材料と証拠があれば、誰だって、この部屋の住人が、変質的な吸血鬼マニアだということは推理できようというものだ」

「御明察です。さすがは博士だ」

と、羽鳥警部は相手を褒《ほ》めそやした。

太った名探偵はまんざらでもない顔で、

「電気を点けたのは、おぬしたちかね」

と、天井に杖の先を向けた。

「そうです。この部屋の中は真っ暗でしたからね」

「そこの死体が、この部屋の主か」

「ええ。東福寺悟郎《とうふくじごろう》という名前で、インターネットの吸血鬼崇拝サイトの主宰者でした。職業はフリーライターで、妖怪や幽霊に関する記事をあちこちの雑誌に書いていました。時折、この部屋に仲間を集め、夜中に血を吸い合ったりするような、奇妙な黒ミサを行なっていました。奇声や怒声を上げて騒ぐので、下の階の住人とトラブルになっていたんです」

「ポストを見たが、このマンションには空き部屋がずいぶんある。東福寺のせいで、引っ越した者が多かったようじゃな」

「注意しても黒ミサをやめないし、大家兼管理人も困り果てていたようです」

増加博士は死体を観察しながら、

「検死医は何と言っておる？」

「死後一時間ほどです。管理人などから聞き込みをした結果と合致します。御覧のように、心臓を至近距離から撃たれて、即死でした」

「容疑者がいると言ったな、羽鳥警部？」

と、増加博士は顔を上げて尋ねた。

「はい。今も言ったとおり、下の階の住人と前々から騒音などのことで揉《も》めていました。チビ丸小太郎《まるこたろう》という芸人です」

「おお、聞いたことがあるぞ。小学生みたいにやたらと背の低い男じゃろう。それで、コミカルな動きをして笑わせている？」

「そのとおりです。身長は百二十センチしかありません。被害者の方は百八十センチです」

「それがどうした？」

「検死医の話だと、拳銃の弾は、斜め下から被害者の胸に入り、心臓を直撃した後、肩胛骨《けんこうこつ》のあたりに止まっています。つまり、チビ丸小太郎が東福寺のやや手前に立ち、胸めがけて銃を撃ったら、そのような銃創になるんです。角度がぴったりなんですよ」

「それだけでは、チビ丸が犯人だとは断定できんじゃろう。そもそも、何故《なぜ》、チビ丸は銃を持っていたんだ？」

「ガンマニアなんです。改造銃でした。チビ丸本人は、少し前に部屋の中で紛失したと、いい加減なことを言っています」

「拳銃は？」

「棺の向こうに落ちていました。二十二口径です。指紋はありません」

と、羽鳥警部は、蓋《ふた》の開いた、豪華な棺の方を指さした。

増加博士は喉の贅肉を揺らして頷き、

「ふむ。で、証人の話は？」

「証人は二人います。一人は管理人の勝俣忠文《かつまたただふみ》です。一階の管理人室でテレビを見ていたら、鈍い銃声がして、ここへ駆け上がってきたそうです。ドアは半開きになっていて、中を覗くと死体があったので、彼は急いで警察へ通報したんです。

もう一人は、このアパートの前でホットドッグの屋台をやっている石垣研介《いしがきけんすけ》という若者です。ほら、この前は野球場ですからね。青年も、同じ時間に銃声を聞いています。

二人の証言と検死医の所見を総合して、我々は死亡時刻を割り出しました。その時間にこのアパートにいたのは、管理人を除くと、チビ丸小太郎だけだったんです。他の住人はみんな留守でした。チビ丸は、部屋で仮眠をしていたと言っています」

「チビ丸は、銃声を聞かなかったのかね」

「何か重い物が落ちたような音がして、それで目が覚めたと訴えていますが……」

「もう一つ質問するが、その棺の蓋は、おぬしたちが開いたのかね」

「そうです。閉じていましたが、鑑識が中を調べるためにあけました。でも、このとおり空っぽでした」

「なるほどな」

増加博士は目を細めて、呟《つぶや》いた。

「何がなるほどなんですか」

羽鳥警部は、増加博士の、何かを含んだような言い方が気になって、訊き返した。

博士がそんな顔をするのは、ひどく重要なことを発見した時だったからだ。

しかし、増加博士はそれには答えず、

「すまんが、羽鳥警部。管理人の勝俣をここへ連れてきてくれんか。今、どこにいる？」

「管理人室で、事情聴取しているところです——おい、誰か！」

羽鳥警部は近くにいた制服警官を手招きし、一階にいる管理人を呼んでくるよう命じた。

少しして、警官に案内され、一人の中年男がやってきた。恐ろしく細身で、しかも、やたらに背が高く、背中を丸めて頭を下げ、くぐり抜けるようにして、入口を通った。

「おぬしが、管理人の勝俣氏かね。事件の第一発見者だと聞いたが」

と、増加博士は、その長身の男をジロジロと見上げながら言った。

「ええ、そうですよ。それが何か」

と、勝俣は不機嫌な声で答えた。顎が長く、ワシ鼻の下に細い髭を生やしている。

「だったら、殺人も、おぬしが犯したのだと、ここで正直に認めたらどうかね」

と、増加博士はズバリと言った。

「何ですって!?」

驚いたのは羽鳥警部だった。

勝俣もギクリとして、あわてて言い返した。

「わ、私が――いいえ、私は、犯人などでは、ありませんよ」

「増加博士。どういうことですか。何故、この男が犯人だと言うのですか」

と、羽鳥警部は身を乗り出して尋ねた。

増加博士は体重を杖に掛けて、淡々とした声で言った。

「動機は明白じゃ。東福寺のせいで、店子《たなこ》が逃げてしまい、この男は困っていた。東福寺には、マンションから退去するよう何度も命じたのだろうが、無視されたに違いない。それで仕方なく殺したんだ。拳銃は、何かの折にチビ丸の所から盗んでおいたのじゃろうな」

「しかし、勝俣を見てください。こんなに長身ですよ。この男が銃を撃ったのなら、検死結果と合いません」

「そんなことはあるまい」

「わざわざ屈んで、下から撃ったというのですか。チビ丸のせいにするために？」

増加博士は、きっぱり首を振った。

「違う。そうではない。勝俣が銃を撃った時、東福寺は、天井の鉄棒に足先を引っかけて、頭を下にしてぶら下がっておったのさ。東福寺は吸血鬼マニアじゃ。昼は棺に入って寝ていたのだろうが、夜は、コウモリのような格好をして、天地逆で暮らしていたわけだ。

身長百八十センチの東福寺が頭を下にして天井から吊り下がったら、胸の位置は床から九十センチの所にくる。勝俣が東福寺の胸を狙って撃てば、拳銃の弾は、検死医が調べたとおりの弾道を示すじゃろうな――」

人工衛星の殺人

ズシン、ズシンと地響きがする——はずだったが、今回はしなかった。

ヘルメットのスピーカーを通して、探偵の巨匠、増加博士の不機嫌な声が聞こえた。

「ウォッホン。いったい何故、わしを、こんな宇宙くんだりまで連れてきたんじゃね、羽鳥警部?」

相撲取りのような博士の巨体は、特注の宇宙服に包まれている。これまた宇宙服を着た警視庁の羽鳥警部は、エアロックを閉めながら答えた。博士の体は、やっとのことで、そこを通り抜けることができたのだ。

「スペースシャトルによる長旅、御苦労様でした。実は、この人工衛星で殺人事件が起きたんです。その謎を、博士に解いてほしいんですよ」

二人の体は、無重力のために狭い通路の中に浮かんでいた。

「ふむ」

と、頷いた博士は、近くにある丸い窓から外を見た。漆黒《しっこく》の宇宙空間。無数の煌《きら》めく星々。青と白で彩られた美しい地球の一部。それから、近くにあるもう一機の宇宙船が目に入った。その背中は大きく開いていて、クレーンのようなものが突き出ている。

「向こうにあるのは、ロシアが打ち上げた宇宙船じゃな。この人工衛星もか」

羽鳥警部は、増加博士を中央管制室へ案内しながら答えた。二人は両手で手すりをつかみ、少しずつ浮遊しながら先へ進んだ。

「ええ、ロシア製です。いろいろと故障が重なり、それを、ロシアの宇宙飛行士たちが修理に来ているんです。で、ロシア人の男性宇宙飛行士ウラジミールが、何者かに殺害されたわけです。日本の標準時で、昨夜の八時頃です。今からちょうど、二十四時間前ですね」

「おぬしは、どうしてここにいるんじゃ？」

「日本警察の査察と思ってください。これ以上のことは、トップ・シークレットです」

「そして、アメリカのNASAで、〈双頭の鷲《わし》殺人事件〉を捜査中のわしを、有無を言わさずここまで連れてきたというわけか。固形ビールは用意してあるんじゃろうな」

不機嫌そうに言う増加博士に、羽鳥警部は、

「申し訳ありません。ここにはありません。ロシアの宇宙船に行かないと」

「ならば、早く事件を片づけよう」

管制室に着いた二人は、大きな窓がある制御盤の前の椅子に腰掛け、シートベルトで自分たちの体を固定した。環境装置も壊れており、空気が薄いので、ヘルメットをはずすこともできない状態だった。

増加博士は、物珍しそうに室内を見回した。

「羽鳥警部。それで？」

「説明しましょう。ロシア製のあの宇宙船と、我々がいるこの人工衛星は、二百メートル離れています。その位置関係を保ったまま、地球の軌道上に浮かんでいます」

「何故、ドッキングしない。不便じゃないか」

「昨日は、この人工衛星の動力源が不調で、いつ爆発するか解らなかったんです。そ

れで、修理の間、距離を置いて待機していました。今は、現場検証のために――つまり、博士に事件発生時の状態を見てもらうために――その時と同じ位置に留まらせています」

「おい。まさか、人工衛星の動力源は原子力じゃないだろうな」

増加博士はギョッとして言った。

「そうです。しかし、心配はありません」

と、羽鳥警部は安心させたが、巨体の主は疑るような表情のまま、

「すると、宇宙船と人工衛星は、二百メートル離れたまま、地球の軌道上を巡っているというわけじゃな」

「そうです。そして、人工衛星の制御は、すべて宇宙船の方から行なっています。コンピューターでリンクしてあるんです」

「ハイテクという奴か。このポンコツ頭には解らんことばかりじゃ。まさか、コンピューターが犯人じゃあるまいな」

と、増加博士は苦い顔をした。

「いいえ、違います。容疑者は宇宙飛行士のアレクセイとニコライです。この二人が、事件発生当時、この人工衛星にいました。それから、宇宙船の方では、隊長のセ

ルゲイが指示を出していました――」

その時、周囲から低いゴーッという音が聞こえてきて、部屋全体を小刻みに震わせた。増加博士は驚いたように丸い目を見張ったが、音も震動もすぐにやんだ。

「大丈夫ですよ、増加博士。姿勢制御ロケットの噴射の音です。時々、宇宙船の方で指令を出し、人工衛星の位置や姿勢を正しているんです。そうでないと、だんだん降下して、大気圏に落ちてしまいますので」

「ふん。それで、殺人の動機は何だ？」

「痴情のもつれです。ウラジミールの取り合いの果てがこの有様です」

「何じゃと？」

「ウラジミールはハンサムな青年で、アレクセイとニコライと恋人関係にありました。しかも、ひどい浮気者でした。その関係がこじれて、他の者に渡してなるかと、どちらかの宇宙飛行士が彼を殺したわけです」

「ほほう。三人とも、そっちの気があったわけか」

「ええ」

羽鳥警部は、ヘルメットの中で頷いた。

「凶器は？」

「まだ見つかっていませんが、たぶん、特別製の無反動銃が使われたようです。至近距離からなら充分に殺傷能力があり、死体の胸に銃弾による穴が空いていました。死体があったのは、人工衛星の中央部にある大型倉庫の中です。発見したのはニコライで、そこに、宇宙服を着た彼がプカプカと浮いていたそうです」

羽鳥警部は、大型倉庫の内部を映したモニター映像を指さした。大型トラックが二台以上入る空間があり、そこにボンベやプラスチック製のドラム缶が積み上げてあった。死体はまだ、全体がハッチになった天井の近くに浮かんでいて、その周囲には血液も飛散していた。小さな無数の赤い球となって……。

「容疑者たちのアリバイは？」

「アレクセイは、人工衛星の上部にある太陽光パネルの集積回路を直していました。ニコライは、下部にある空気浄化装置の不具合を調査中で、その後、ここへ上がってきて、ウラジミールの死体を発見したわけです。そう言っています。

ウラジミールは、二人より三十分ほど後にこちらまで飛んできて、倉庫で働いていたんですが……」

「どうやって、三人は、宇宙船から人工衛星に乗り移ったんじゃ？」

「宇宙服の背中にあるロケットを使ってです。文字通り、飛び移ったわけです」

増加博士と羽鳥警部の宇宙服の背中にも、小型のロケット噴射装置があった。

「アリバイは事実か」

「三人は、宇宙船にいる隊長のセルゲイと、三十分おきに映像通信を交わしていたと言っています。セルゲイも、それは間違いないと認めています。ただ、二人の顔を写すカメラは腕時計型のもので、宇宙船側のモニターでは、顔しか見なかったそうです。ですから、二人がどの部屋にいたのかまでは解らないわけです」

「ウラジミールは、倉庫で何をしていたんだ?」

「酸素タンクやその他の物資の確認です。セルゲイが言うには、彼と最後に通信したのは、ニコライが死体を発見する五分前でした」

「では、その後の五分間に、アレクセイかニコライが、彼を殺したんじゃな?」

「ということになります。ただ、どっちが殺したのか、手がかりも確証もなくて……」

「ちょっと考えさせてくれ――」

と、増加博士は言い、目を瞑《つむ》った。それがずいぶん長く続き、羽鳥警部は、探偵の巨匠が眠ってしまったのではないかと思った。

やっと目をあけた増加博士は、

「一つ確認してほしいことがある」

　と、低い声で言った。

「何でしょうか」

「ウラジミールの宇宙服のロケット装置の、燃料消費量を調べてくれ。また、その消費量でどのくらい宇宙空間を飛べるのかもな」

　羽鳥警部はさっそく調べてきた。

「変ですね。まったく燃料は減っていません」

　だが、増加博士は満足げな顔をした。

「いいや、それでいいのさ。隊長のセルゲイが嘘《うそ》をついているからじゃ。犯人は、向こうの宇宙船にいたセルゲイに決まっておる」

「何ですって!?」

　びっくりして、羽鳥警部は大声を上げた。

「わしの考えはこうだ。ウラジミールは、セルゲイとも浮気をしていたのさ。だから、後に残って、宇宙船でセルゲイとよろしくやっていた。ところが、二人の間で喧《けん》嘩《か》が起こり、セルゲイがウラジミールを殺してしまったんじゃよ。で、彼は死体を宇宙船から遠ざけ、自分のアリバイを作ったわけさ」

「無理ですよ。どうやって、宇宙船から人工衛星へ死体を移すんですか」

増加博士は、窓へ目を向けた。

「位置というものは、相対的なものだ。おぬしから見ればわしは隣にいる。わしから見れば、おぬしの方が隣にいる。

つまり、セルゲイは死体を、宇宙船の背中の開いた所に浮かべるだけでいい。それから、宇宙船と、ハッチをあけた人工衛星の両方を、一緒に二百メートルほど横へスライドさせる。そうすると、死体はまったく動かずとも、人工衛星に移動してしまう。うまく死体が倉庫に入ったら、ハッチを閉めるのさ」

「な、なるほど！」

「凶器は、外へ捨ててなければ、まだ向こうの宇宙船の中じゃろう。固形ビールを嚙《か》みながら、一緒に捜そうじゃないか」

と、増加博士は嬉《うれ》しそうに言った。

死者の指先

南向きの窓から、初夏の明るい日差しが差し込んでいた。カーペットを敷き詰めた床に、平行四辺形の日だまりができている。窓は半開きで、高原の爽《さわ》やかな風がレースのカーテンをかすかに揺らしていた。

男の死体は、廊下側のドアと窓の中間ぐらいの所に倒れていた。頭は窓の方にあり、右手を前に伸ばしたまま胸を下にして倒れていた。顔は横に倒れて、そのすぐ左側にある日だまりの方を向いている。

警視庁の羽鳥警部は、眉間《みけん》にしわを寄せて、その死体を見下ろしていた。まったくやっかいな事件だ――。

その時、廊下の方からドシン、ドシンという地響きが聞こえてきた。部屋全体が細かく揺れるほどの足音だった。ぜいぜい喘ぐ声が聞こえ、ドアから入ってきたのは、巨大な体の持ち主、増加博士だった。

「羽鳥警部。わしをこんな場所まで呼びつけたからには、重大な事件なんじゃろうな。わしは、白州《はくしゅう》のビール工場で見学をしておったんだ。もう少しで、ビールの試飲ができたんだぞ。それを、おぬしの部下に邪魔されたんだ。だいたい、八ケ岳《やつがたけ》のペンションなんぞに、どうしておぬしがおるんじゃ？」

増加博士は二本の杖で自分の体重を支え、旧友の警察官に尋ねた。

「私は、家族との休暇旅行の最中でした。ところが、今朝、この男性の死体が見つかりましてね。それで、犯人を暴いてもらおうと思って、博士を迎えにやったしだいです」

「ああ。有無も言わさず、パトカーに押し込められたぞ。一人だけでも、ぎゅうぎゅう詰めじゃった。おかげで喉が渇いた。ここにはビールがあるかね」

「ええ、後でいくらでも飲めますよ」

「ならば協力しよう」

増加博士は相好《そうごう》を崩した。

「さっそくですが、博士。この死体を見てくれませんか。名前は北島兵太郎《きたじまへいたろう》。映画評論家です。年齢は五十二歳」

「背中をナイフで刺されているな。やや右上から左下に向けて突き刺したようだ。ということは、犯人は右利きの可能性が高い」

増加博士は死体の横に立ち、じっくりと様子を観察しながら言った。

「ええ。私もそう考えました。ですが、このペンションのオーナー夫婦も、宿泊客も、全員が右利きなんです。ナイフには指紋はありません。登山好きのオーナーが食堂に飾ってあったもので、誰かが持ち出していました」

「で、容疑者の名前は？」

「オーナー夫婦が、左野《さの》重春《しげはる》と美枝子《みえこ》。他に、映画俳優の丸沼高次《まるぬまこうじ》、秋野《あきの》桃子《ももこ》、鴨志田昭《かもしだあきら》、隅田川《すみだがわ》A作《えいさく》——私の家族を除くと、この六人が、昨夜からこのペンションにいました」

「犯行の動機は？」

「どの人物も、前々から北島に演技をけなされていて、怒っていたようです。オーナー夫婦も一年前までは俳優をしており、やめた原因が、北島の辛辣《しんらつ》な批評だったということです」

「そんな者たちが、どうして集まったんだ？」

「劇団の運営もしている隅田川が、仲直りを画策して、北島を招待したようです」

「うまくいったのかね」

「いいえ。夕食の時、私もその場にいましたが、食堂で言い争いが起きたくらいで、まったくだめでした。北島はひねくれた性格をしていて、誰とも協調できない感じでした」

「犯行時刻は？」

「今朝の七時頃のようです。発見は九時頃。今は十一時ですから、四時間ほど前ですね」

「どうして、午前七時頃と解る？」

「ドスンという物音と、この部屋から誰かが走り去る音を、隣で私の家内が聞いています。

七時半が朝食でしたが、北島は二階のこの部屋から食堂へ降りてこず、皆はまだ彼が眠っていると思っていました。そして、丸沼高次が自分の部屋へ戻るためこの前を通ったら、ドアが薄くあいていて、死体が目に入ったんですね」

「では、密室殺人ではないのか」

と、増加博士はがっかりしたように言った。

「ええ。違います」

「では、何が謎なんじゃや？」

「犯人が誰か、特定できないんですよ。それが謎です。七時半から九時の間は、全員が食堂にいました。その前は、逆にアリバイのある者はいません」

「朝は顔を洗ったり、化粧をしたりで、忙しいからな。それが普通だろう」

「しかし、死体には奇妙な点があります。何だか解りますか」

と、羽鳥警部が尋ねると、増加博士は顎に三重の贅肉の弛みを作って頷いた。

「ああ。ナイフで刺されて倒れたのがドアのすぐ前、そして、被害者は部屋の中央まで這《は》っていっている。それは、床に付いた血の跡で解る。それから、左手は腰の方へ伸ばしているのに、右手だけが変に前へ出ている。しかも、人差し指をまっすぐに伸ばしているな」

「はい。そうです。まるで、何かを指さしたみたいですね」

苦い声で、羽鳥警部は答えた。

部屋の広さは十二畳くらいで、東側にシングルベッドが二つ置いてある。その間に小さなサイドテーブルがあって、西側の壁には、小さなチェスト、つまり、蓋付きの整理箪笥《だんす》が置いてあった。

増加博士は、ぜいぜい言いながら巨体をひねり、周囲を見回した。

「やはり、変だな。この男は、何もない所を指さしているぞ。あるのは窓だけだ」

「犯人の名前か何かを、指で書こうとしたのでしょうか」

「だったら、指に血が付いているはずだ。筆記具もあるとすれば、サイドテーブルかチェストの引き出しの中だろう」

と、増加博士は東側と西側の壁を、片方の杖の先で指した。

羽鳥警部は首をひねり、

「指の先には何がありますかね。カーペット、窓、カーテン、壁板……ですが、それらが、人の名前に該当するとは思えません。それに、特定の誰かを指し示す暗号にもなりませんしね」

「容疑者の年齢を教えてくれ」

「左野重春が五十三歳。美枝子が五十歳。丸沼高次が四十八歳。秋野桃子が三十歳。鴨志田昭が三十五歳。隅田川A作が五十三歳です」

「ふうむ。年齢も関係ないようじゃな」

「人差し指一本ということは、数字の〈一〉を表わしているのでしょうか」

「かもしれんが……容疑者の体つきや顔に特徴はあるかね」

「左野と隅田川は口髭を生やしており、隅田川の髪は灰色です。鴨志田は二枚目俳優で長髪。丸沼は短髪で、ヤクザ役が多いので強面《こわもて》です。美枝子はショート・カットで、秋野桃子はさらさらのロング・ヘアーです。眼鏡をかけているのは、左野と秋野と隅田川ですね」

「どうやら、容貌《ようぼう》でもないようだな……となると、被害者の格好全体がダイイング・メッセージなのかもしれんな」

「どういうことですか」

「人差し指や右手一本だけではなく、体全体の格好を見たらどうかな」

そう言って、増加博士はもう一度、死体を見下ろした。そして、死体の足下へ移動した。

「こちら側から見れば、足が少し開いているので、〈人〉という字に見えんかな？」

「無理に見ようと思えばですね。しかし……」

「そう。しかしだ。それでは何の意味もなさない。反対側、つまり、頭の方から見れば〈Y〉の字に見えんこともないしな」

「イニシャルがYの者はいませんよ」

「容疑者は全員、映画俳優という話だったな。本名を教えてくれんか」

羽鳥警部は、メモ帳を確認しながら答えた。

「鴨志田昭と隅田川A作が芸名を使っています。鴨志田の本名は馬口晃《まぐちあきら》で、隅田川A作の本名は住石権作《すみいしけんさく》でした」

「では、これも違うな」

「ええ」

「待てよ。オーナー夫婦は元俳優だと言ったな。昔は芸名を使っていたんじゃないのかね」

「はい。夫の芸名が金子《かねこ》紀之《のりゆき》で、妻は結婚前の本名、菊家《きくや》美枝子を名乗っていました」

「とすると、それもだめか……」

と、悔しそうに言い、博士はもう一度、室内を見回した。それから、窓に近づき、大きな顔を突き出すようにして外を見た。

「犯人が、ここから飛び下りたというのはどうかな。被害者は、それを警察か誰かに告げようとしたわけだ」

その後ろで、羽鳥警部は首を横に振った。

「いいえ。下は草叢《くさむら》ですが、踏みつぶされたような跡はありません。林の中は昨夜の雨で濡れていますが、足跡もありませんでした」

増加博士は、見透かすような目で緑の濃い茂みを見やった。それから、顔を上げて真っ青に透き通った空を望んだ。太陽は真っ白に輝いていたので、眩《まぶ》しさに目を細めた。

「なるほど。そういうことか。どうやら、犯人が解ったようじゃぞ、羽鳥警部」

「本当ですか。誰ですか、犯人は⁉」

「鴨志田昭――本名、馬口晃さ」

「どうして、彼が犯人だと解るんですか」

増加博士は、死体の左側にある日だまりを杖で指した。

「犯行時刻には、外の太陽は東側にあったから、窓から差し込む日の光はもっと西側に来ただろう。つまり、日だまりは、死体の指先あたりにあったということさ」

「と言いますと？」

羽鳥警部が首を傾《かし》げて訊き返すと、増加博士は思慮深い顔で答えた。

「まだ解らんのかね、羽鳥警部。日の光の〈日〉と〈光〉という字をくっつけてみたまえ。馬口晃の〈晃〉という字になるじゃないか」

ペニー・ブラックの謎

　ズシン、ズシンという、地響きに似た重たい足音が廊下から聞こえてきた。二本の杖を突き、巨体を支えながら書斎に入ってきたのは、謎解きの巨匠、増加博士だった。

　増加博士はゼイゼイと喘ぎながら、窓際に設置された書き物机の横に立っている羽鳥警部に尋ねた。

「今回は、どういう事件なんだね。この家には、死体は見当たらないようじゃが」

「ええ、死体はありません。この部屋にあるのは謎だけです、増加博士」

　と、羽鳥警部は疲れきった顔で答えた。

　増加博士はゆっくりと室内を見回した。物が散乱していて、そこら中が物色されたようになっていた。

「これは、どういうわけだね。おぬしたちがやったのか」

「まあ、半分は警察の仕業です。ですが、もう半分は犯人の仕業ですね」

「なあ、おぬし。もったいぶっておらんで、どんな事件なのか、ちゃんとわしに説明してくれ」

「すみません。こういうことです。昨夜、この家の主人が、旅先の西伊豆《にしいず》で撲殺されました。彼の名は菱形泰介《ひしがたたいすけ》。菱形重工の専務です。彼は戸田《へだ》という所のホテルに泊まっていて、夕方、海辺へ散歩に行き、そこで何者かに鈍器で殴られたのです。重傷を負った彼は病院へかつぎ込まれました。そして、深夜に亡くなったのですが、付き添っていた娘に臨終の言葉を残しました。切手、手紙……と」

「切手、手紙？」

「ええ」

「死に際の言葉としては、珍しいものじゃな。犯人の名前をさしているとは思えん」

「犯人は解っています。甥《おい》の徳島公平《とくしまこうへい》です。今朝方、この家を荒らしているところを、警備会社の警備員に捕まりました。セキュリティが働いて通報したのです」

「ほう。何を盗みに入ったんだ？」

「切手です」

「切手？」

「ええ。殺された菱形泰介は、その筋では有名な切手コレクターでした。そして、犯人の甥も、子供の頃に伯父《おじ》から手ほどきを受けたコレクターでした」

「つまり、その青年は、伯父の持っている切手欲しさに彼を殺害し、この家へ忍び込んだというのかね」

「そういうことです」

「何という短絡的な犯行だ。馬鹿馬鹿しい。愚《おろ》かとしか言いようがないぞ。切手ごときで人の命を奪うとはな」

と、増加博士は口をへの字にして吐き捨てた。

「私もそう思います」と、羽鳥警部も頷いた。「しかし、コレクターというのは、自分の欲求を満たすためなら、何でもするのではありませんか」

「まあ、そういう傾向はあるじゃろうな」

「増加博士も、確か、切手を集めておいででしたよね」

と、羽鳥警部は確認した。

謎解きの巨匠は、顎を三重に弛ませて頷き、

「うむ。しかし、目の色を変えているわけではない。わしのはまったく素人の趣味の域を出ておらんからな。まあ、〈見返り美人〉や〈月に雁《かり》〉程度は持っておるが」

と、やや自慢げに言った。

「徳島公平が欲しがった切手は、何だとお思いになりますか」

と、羽鳥警部は意味ありげに尋ねた。

「さあ、解らんな。何だね」

「世界最初の切手を御存じですよね」

「当たり前じゃ。もちろん、イギリスのペニー・ブラックに決まっておる——まさか！」

と、増加博士の目の色が変わった。

「その、まさかなんですよ。菱形泰介はそれを持っていました。それも、一枚ではなくて二枚も」

「本当かね」

驚いた顔で、増加博士は訊き返した。

「ええ、事実です。娘さんが断言していますし、被害者が懇意にしていた切手ショップの店長も、そう証言しています」

「これはびっくりじゃな。ペニー・ブラックは、一八四〇年にイギリスで発行された世界最初の郵便切手だ。その通称じゃよ。何故かというと、刷色が黒色で、図案にはヴィクトリア女王の横顔が印刷されておったからだ。大きさは横十九ミリ、縦二十三ミリじゃ。現在でもある程度の枚数は残っておるが、コレクターの人気は高いから、向こうなら未使用品で一枚三千ドルほどはしような」

「私もそう聞きました。無理をすれば、買えない額ではありません。ところが、被害者が持っていたのは、一枚は色が抜けているもので、一枚は図案にずれがあるものでした」

「何と！　エラー切手だったと言うのかね！　ならば、値段も一気に跳ね上がるぞ！」

「そうなんです。菱形氏も、イギリスの切手オークションで、相当な額を払って購入したそうです。家が一軒、買えるほどだったらしいのです」

「なるほど。それならば、充分に殺人の動機になるな」

と、増加博士は得心がいったように頷いた。

羽鳥警部は、東側の壁にあるガラス扉付きの書棚へ増加博士を案内した。扉は開いていて、床に多数の切手帳が投げ捨ててあった。

「菱形氏の切手コレクションは、これらの切手帳に収められ、書棚に綺麗に並んでいたそうです。犯人はそれを漁《あさ》ったのですな」

「盗まれたわけかね」

「いいえ、それが、徳島の話だと、どうしても見つからなかったということです。娘さんにも訊いてみると、ペニー・ブラックだけは、この部屋の中の、どこか別の場所に隠してあったそうです。甥が無闇《むやみ》に欲しがっていたので、被害者も盗難を警戒していたのですな」

「つまり、わしに、その場所を探してほしいというんじゃな」

「ええ、そうなんです」

と、羽鳥警部は期待を込めて言った。

「手がかりは、被害者の言い残した言葉しかないのかね」

「はい。そうです」

増加博士は室内を見回し、それから書き物机に近づくと、

「物を隠す時の鉄則は〈木の葉は森に隠せ〉なのだが……被害者は、手紙類をどこに保管してあったのかな」

「ここです」

と、羽鳥警部は、引き出しの一番上をあけた。中から封筒の束を取り出し、机の上に並べた。どれも新しい封筒だった。

「最近、受け取ったものばかりです。封筒の中はすべて確認ずみです。貼られている切手は国産のありふれたものですし、封筒の中にも切手は入っていませんでした」

「古い封筒はないのかね。切手のコレクションでは、普通、未使用切手が珍重される。だが、送付者が著名人だったり、特別の理由があると、より貴重性が増すんだが」

「ええ、他にも封筒はありました」

と、羽鳥警部は、書棚の中から大型のスクラップ帳を取り出した。その中には、外国郵便の封筒が何通も挟まっていた。

増加博士は、それらの中や、貼られた切手を調べたが、ペニー・ブラックはなかった。

博士は首をひねり、頰《ほお》を膨らませ、顎鬚を撫で回し、眉間を指先でコツコツと叩いた。

それから、大きな身をひねって、

「すまんが、もう一度、引き出しに入っていた手紙を見せてくれんか」

と、羽鳥警部に頼んだ。

羽鳥警部が机の上に並べた封筒を、増加博士は一つ一つじっくりと見た。

「ふうむ」

「どうしたんですか」

「どうやら、被害者がペニー・ブラックをどこに隠したのか、解ったような気がするのだ」

「どこです？」

「封筒は二十八通あるな。何か特徴は？」

「別にないですね。差出人の名前もすべて違っていますし」

羽鳥警部は首を傾げた。

「その内、切手に消印が押されたものは？」

「ええと……二十六通です……え？」

「切手に消印がないということは、投函《とうかん》されていないということじゃな。その二枚の切手の図柄は何だと思う？」

「……二本足の恐竜ですね」

「しかも、その二枚の切手だけは、ずいぶん大きなものだと思わんかね」

増加博士が指摘すると、羽鳥警部は目を丸くした。

「あ、そう言えばそうですね」

「ちなみに、モンゴルには、はがきより大きな切手があるのを知っているかね、羽鳥警部？」

「知りません……」

「〈平和のマンダラ〉という記念切手じゃよ。で、ここに貼られている切手も、モンゴル発行のものじゃな。恐竜はイグアノドンだろう。ブラック・ペニーよりもずっと大きいぞ。横は三十一ミリ、縦は五十五ミリもあるからな」

「はい……」

「すまないが、羽鳥警部。この二枚の切手を、封筒から丁寧にはがしてくれないか」

「どうしてですか」

羽鳥警部は封筒を取り上げ、怪訝そうに尋ねた。

「これらの切手は、縁の部分だけで封筒に貼り付けてあるからさ。その裏側には、薄いビニールに包んだペニー・ブラックが隠してあるんじゃよ。それが隠し場所の謎の答さ。ビールを賭けたっていい！」

と、増加博士は大声で言った。

ある陶芸家の死

「羽鳥警部。おぬしはわしを殺すつもりかね」

ぜいぜいと荒い息を吐き、二本の太い杖に体重を預けた増加博士が文句を言った。母屋から登り窯《がま》のあるこの作業所まで、十メートルほど、狭い坂道を登らされたからだ。巨漢の名探偵にとって、もっとも苦手なことが、自分の足で歩くことだった。

「とんでもない。死体が発見されたのがこの作業所だったので、仕方なく御足労いただいたのです」

名探偵とは対照的に、ひょろりと痩せた羽鳥警部が、恐縮そうに言った。

「次からは、ヘリコプターを用意するんじゃぞ。ワイヤーか何かで、わしを空から吊って下ろせばよろしい」

「ははあ。そうします」

羽鳥警部は、しかし、ワイヤーが切れないだろうかと、内心で心配した。

「――で、死体はどこだね」

増加博士は、大儀そうに左右を見た。

「作業所の中です」

と、羽鳥警部は答えた。母屋の方は数寄屋造りの立派な屋敷だったが、ここは、屋根と柱と、所々をトタン板で覆っている簡易的な建物だった。向かって左手には、耐火煉瓦《れんが》で造られた大きな窯が二つ並んでいた。

二人は、形ばかりの入口から中へ入った。右手に作業台が二つあって、焼き物作りのための様々な道具が置いてあった。奥の壁はがっしりした棚になっており、焼き上がったばかりの壺や皿が並んでいた。死体は、その前に俯せの格好で倒れていた。

「羽鳥警部。この御仁の素性は？」

と、死体を見やり、増加博士は尋ねた。

被害者は紺色の作務衣《さむえ》を着た初老の男性で、薄くなりかけた頭髪は灰色だった。後頭部が血に濡れていた。すぐ横には、太い薪《まき》が落ちている。これが凶器だろう。

「伊万里焼《いまりやき》の名工、田辺元五郎《たなべげんごろう》です。一昨年、人間国宝にも指定されました」

増加博士は棚の前に立って、壺や皿をひととおり眺めた。

「なるほど。彼は、色鍋島《いろなべしま》を得意としていたわけか。光沢の優れた白磁の肌に染付が施してあって、赤、緑、黄の三色を基調とする美しい上絵が描かれておるな。お約束どおりの良い仕事をしておる」

「ええ。どれもかなり高価だという話です」

「盗まれた物もあるようじゃな。焼き上がった物は等間隔に並べてあったはずだが、隙間《すきま》が三つある——ということは、強盗殺人なのかね。これは？」

「いいえ。私は違うと思います。犯人が、そう見せかけたのでしょう」

「ほう？」

「被害者には弟子が三人います。男性二人と女性一人ですが、男性の内のどちらかが犯人だと思います。田辺氏は厳しい師匠として知られており、彼らをこき使っていました。また、最近は後継者争いの問題も起きており、誰がこの工房を継ぐかで、弟子同士の人間関係もぎくしゃくしていたようです」

「弟子たちの名前は？」

「一番弟子から順番に、青田《あおた》洋滋《ようじ》、木原《きはら》善三《ぜんぞう》です。女性は高野《こうの》里《さと》。年齢は順に、四十六歳と三十九歳、三十五歳です。男性二人の腕前はかなり達者で、独り立ちしてもおかしくないほどだそうです」

「その女性と、師匠が変な関係にあったというようなことは？」

「それはないようです」

「誰が後継者となるのか、決まっておったのかな？」

「明日の夜、田辺氏が、弟子や後援者などを集めて発表するつもりでした」

「ふうむ。すると、それを事前に突き止めた誰か一人が、師匠の行動を阻止するため、狼藉《ろうぜき》に及んだわけか」

「たぶん、そうです。もちろん、強盗殺人の線も捜査していますが、こちらは望み薄です」

「そうじゃな。そうであれば、もっとたくさんの焼き物が盗まれていただろう」

「我々も、そう考えました」

増加博士は丸い目をしばたたき、確認した。

「現状では、後継者の指名はなくなったわけだが、この場合はどうなるのかね」

「以前の遺言だと、三人が共同で引き継ぎます。しかし、男性二人の仲が特に険悪なので、そう簡単にはいかないでしょう」

「なるほどな」と、頷いた増加博士は、周囲を見回した。「ところで、羽鳥警部。何故、わしを、こんな九州の山奥くんだりまで呼びつけたんじゃね。この事件が、不可能犯罪とはまるで思えんが」

「一つだけ、死体に奇妙な点があるんですよ。その理由が知りたくて、博士をお呼びしたんです。これを見てください――」

そう言って、羽鳥警部は死体の頭の横で屈んだ。床は地面が剝き出しになっている。

「いや、解っておるぞ。右手の下に、割れた備前焼《びぜんやき》の茶碗がある。それに、口の中にも何か入っているようじゃのう？」

と、増加博士はずばりと指摘した。

羽鳥警部はびっくりした顔で、

「そうです。さすがは博士だ。お目が早い。口の中に入っているのは、その割れた茶碗の破片です。被害者が自分で口に入れたのだろうと思われます」

「ということは、即死ではなかったということじゃな」

と、鍾馗様のような顎鬚を撫でながら、犯罪学の巨匠は考え込んだ。

羽鳥警部は、二メートルほど離れた所にある窯を指さした。

「そうなんです。犯行時、被害者は窯を覗き込んでいたようです。それを、後ろからいきなり殴られたんです。犯人は一撃で被害者を殺したと思ったのでしょう。立ち去った後、まだ生きていた被害者が懸命に這って、この棚の所まで来ました。そして、棚の下から二番目に置いてあった備前焼の茶碗を割り、破片を口に入れたんです」

羽鳥警部は死体の手をどけて、割れた茶碗を名探偵に見せた。それから、被害者の口をボールペンの先で開き、中にある物も示した。

割れた茶碗は薄茶色をしており、形や色の朴訥《ぼくとつ》さから、備前焼であることは一目瞭《いちもくりょう》然《ぜん》だった。その風合いは、伊万里焼の華麗さや繊細さとは対照的である。

「確かに変じゃな。伊万里焼の工房に、備前焼の茶碗があるとは」

増加博士は、さらに顎鬚を撫でた。

立ち上がり、羽鳥警部は説明した。

「それは問題ではないんです。実は、一年ほど前から、田辺氏は備前焼にも興味をもって、試験的に焼いていたそうです。作業所の裏手には、そのための粘土も積んでありますから」

「ほほう。すると、謎の一つは簡単に解けたわけだ。となると、問題は、何故、被害者は自分の口に備前焼の破片を入れたかだな。それから、何故、犯人の名前を地面に直接書き残さなかったかだ」

「そうなんです。地面を、指先でひっかくのは容易だったはずです」

「被害者は、瀕死の状態で必死に考えたのだろう。犯人が戻ってきて、それをかき消してしまえば、せっかくのダイイング・メッセージが無駄になる。それで、備前焼の茶碗の破片を口に入れることにしたのじゃ」

「なるほど」

「ダイイング・メッセージを残し、かつ、できるだけ犯人の目に触れないようにするには、それしか方法がなかったのじゃろう」

と、増加博士は感心したように言った。

「そのメッセージが、誰を犯人として名指ししているか解りますか、博士？」

と、羽鳥警部は期待を込めて尋ねた。

「キー・ワードを確認してみよう。茶碗。備前焼。破片。伊万里と違ってうわぐすりは使わない――他に何が考えられるかな？」

「そうですね。色だと鉄錆色《てつさびいろ》とか茶色。それから、焼き物の産地でしょうか。伊万里焼は、この九州佐賀県を産地としますが、備前焼は確か、岡山県の南東部が産地ですよね」

「容疑者の出身地は？」

羽鳥警部は手帳を開き、メモを確認した。

「全員、この地方の人間ですから、備前——岡山とは無関係ですね。それから、色も違うようですね。青田洋滋だけは〈青〉という字が入りますが、茶色とは関係ありません」

その途端、増加博士が天を仰ぎ、大声で叫んだ。

「おお、バッカスよ！　こんな簡単なことがすぐに解らんとは、わしの頭も惚《ぼ》けたものよ。被害者は実に頭の良い人物じゃな。死に際に、神のごとき見事な閃《ひらめ》きを見せてくれたものさ！」

「と、言いますと？」

羽鳥警部は、困惑顔で訊き返した。

「犯人の名前を言おう。高野里がそうだ！」

と、増加博士は断言した。

「本当ですか。彼女が犯人ですか。しかし、どうして解ったんですか」

と、羽鳥警部は興奮して訊き返した。

「もちろん、被害者の口の中に入っていた備前焼の破片が、わしに犯人の名前を教えてくれたのじゃ。羽鳥警部。備前焼は何を材料として作られるか知っておるかね」

「ええと、確か、粘土ですよね」

「そうじゃ。焼くのが難しい粘土じゃ。そして、その粘土は田圃《たんぼ》の土から取られるのさ」

「それで？」

「まだ解らんのかね、羽鳥警部」と、増加博士は不満そうに言った。「〈田〉の〈土〉じゃよ。その二つの字を合体させて、一つの字にしてみたまえ。〈里〉という字になるじゃないか。高野里の〈里〉さ。彼女は、男性二人の内のどちらかと深い関係にある。師匠を殺して、自分の愛人に跡目を継がせようとしたのだろうな——」

北アルプスのアリバイ

六月下旬の夜のこと。火の入っていない大型暖炉《だんろ》の前で、増加博士と羽鳥警部が話をしていた。

羽鳥警部が座っているのは大型の肘《ひじ》掛《か》け椅子で、増加博士の方は黒革の長椅子にどっかと腰掛けていた。外国製の頑丈かつ立派な長椅子だったが、犯罪捜査の巨匠の尋常ではない体重を受け止めて、四つの脚が今にも折れそうだった。

二人はビールを飲み、葉巻をくゆらせながら事件の検討をしていた。頭上には、立ち昇った紫煙がもやもやと漂っている。

「ふふん。おぬしは、このわしに登山をしたことがあるかと訊くのじゃな。そんなことは答えるまでもない。わしは、地面より二十センチ以上高い所には登ったことがないのだ」

羽鳥警部は頷き、葉巻を灰皿に置いた。

「では、事件に関連した場所や状況を説明しますから、想像しながらお聞きください」

「ああ。うん」

「事件は、一昨日、長野県の以前は穂高町《ほたかまち》だった安曇野市《あづみのし》で起きました。ある中年女性が自宅で撲殺されたのです。山口博子《やまぐちひろこ》、四十四歳です」

「結婚しているのかね」

「ええ。夫の純助《じゅんすけ》が第一容疑者です。女性は美容院を何店も持っている実業家で、わりと金持ちでした。夫の方はもともとは彼女の店の従業員だった男で、十歳も年下です」

「遺産目当ての殺人ということか」

「というより、妻より離婚を申し渡されていたため、あわてて殺害したようです」

「ほう。どういう訳じゃやね？」

増加博士はジョッキを膝《ひざ》の上に置き、子供のようなつぶらな目をキラリと光らせた。

羽鳥警部は膝を乗り出すと、

「どうやら、純助に愛人ができたようなんです。で、それを妻に悟られたのですな。ただし、まだ、地元の警察でも、純助の愛人を特定できていません。調べましたが、女の影がないんですよ」

「離婚の話はどうして解ったんじゃね」

思い出したようにビールを飲み、増加博士は尋ねた。

「二日ほど前に、妻が東京にいる妹に電話でそう話していたんです。ただし、愛人の名前は出ませんでした」

「ふむ。それで？」

羽鳥警部は手帳を取り出し、記録を見ながら説明した。

「事件当時、純助は登山に出かけていました。北アルプスの燕岳《つばくろだけ》という山です。朝七時頃に、山の麓《ふもと》の、中房《なかぶさ》温泉にある駐車場に車を止めました。そこの登山口から山へ入り、登山道を登って、昼頃に山小屋に着いています。下から上まで歩いて、五、六時間かかるコースで、大人の足で普通の速さです」

「どんな山じゃ？」

「燕岳は、山頂に上がると、ややゴツゴツした岩山です。それが面白いんです。少し離れると、黒白の斑《まだら》に見えるんです。燕岳からは、大天井岳《おてんしょうだけ》と呼ばれる山を越えて、槍《やり》ヶ岳《たけ》まで行くことができます。登山者に人気のコースですね。純助も、翌朝、槍ヶ岳に向かう予定だったと言っていました」

「わしには一生縁のない話じゃな」

と、増加博士が苦い顔をして言い、羽鳥警部は説明を続けた。

「その後、純助は雪渓《せっけい》を見るために谷へ下りて行き、凍った部分で足を滑らしました。谷の地面は雪が溶けて緩んでいるため、簡単には上がれません。そこで、純助は近くの登山道を歩いている人間に助けを求め、何とか山小屋まで戻ったのが、もう夕方でした」

「雪渓とは？」

と、増加博士は赤ら顔を傾げながら尋ねた。

「冬に降った雪が、夏でも溶けずに谷間などに残っているんです」

「もうすぐ、七月だと言うのにかね」

増加博士は驚いて目を丸くした。

「そうです。標高が高いので気温が低く、積雪が夏でも完全に溶けないんですね。珍しいので、近くで見たくなったと、純助は言っていました」

巨匠は腕組みすると、

「被害者が殺された時間は？」

と、目を細めながら確認した。

「午前九時頃です。したがって、純助は山登りの最中で、アリバイがあるわけです」

「一人で登山していたのかね」

「ええ、本人はそう言っていますし、山小屋に宿泊の申し込みをしたのも、彼だけでした」

増加博士は腕組みを解き、ビールを飲んだ。

「鉄壁のアリバイというわけか」

「はい。山小屋の主人が純助を確認していますし、雪渓から彼を助けた人物も、写真を見て、彼だったと言っています」

「ならば、純助の愛人はどうじゃ。その愛人が、代わりに、被害者を殴り殺したわけさ」

「撲殺の力加減は男によるものです。それに実は、犯行当時の目撃者がいるんです。隣の家の奥さんなんですが、両家の台所は向かい合っていて、窓越しに相手の家の中が見えることがあるんですな。そして、その奥さんの話だと、最初は二人が罵《のの》り合い、最後には、純助が妻の博子を棍棒《こんぼう》のようなもので殴っている姿が見えたと言うんですね」

「いつ頃のことだね？」

「午前九時頃ですね」

「その奥さんが、事件の通報者なのか」

「違います。彼女と博子は前々から仲が悪く、夫婦喧嘩を見てもいい気味だと思って、放っておいたそうです。警察の聞き込みでようやく、その話をしたくらいで――」

と、呆《あき》れ顔で、羽鳥警部は肩をすくめた。

「純助が午前九時に犯行を行ない、それから、急いで山を登り、昼頃、燕岳にある山小屋に到着することは可能だろうか」

増加博士が思案顔で尋ねると、羽鳥警部は首を横に振った。

「絶対に不可能ですね。家から登山口まで車で三十分ほどかかりますし、どんなに急いで山を登っても、四時間を切るのは無理でしょう。ヘリコプターでも使ったのなら別ですが、それでは必ず人目に付きます」

増加博士は頷き、短くなった葉巻を灰皿で揉み消した。

「まあ、金を持っていない人間には、そもそもそんな手段は無理じゃろう」

「ええ」

羽鳥警部は頷き、一口ビールを飲んだ。

「容疑者の写真はあるかね」

「あります。これです」

羽鳥警部は、鞄の中から数枚の写真を取り出した。

被害者宅で警察が事情聴取をしている際に、地元の新聞社の人間が撮った写真だった。

増加博士はそれをじっくり見ると、

「この男は、前々から髭を伸ばしていたのかな？」

「いいえ、一ヵ月ほど前からですね。今は顔の下半分を髭が覆っています」

増加博士はまた腕組みすると、もう一度写真を見た。容疑者は周囲にツバのある灰色の帽子を被り、チェック柄のシャツと黄土色のジャケットを着ている。紺色のズボンに、ごつい登山靴という格好だった。

「彼が着ているのは、登山用の衣服かね」

「そうです。山の天気は変わりやすいし、上の方は寒いので、しっかりと装備する必要があるんです。これは標準的な山登りの格好ですね」

それを聞くと、増加博士は仰ぐようにして、ビールの残りをグビグビと飲み干した。

「羽鳥警部、いくつか確認したいことがある。まず容疑者だが、本当に一人だったのか」

「はい。ただし、夕方になって、登山仲間の男と合流していますね。翌日は、二人で槍ヶ岳へ向かう予定だったとか」

「その男の背格好は？」

「身長百七十センチくらいで、中肉中背ですね……純助と同じくらいです」

「山小屋へ到着した時、純助は宿泊名簿に記入しているかね」

「それが、彼は左利きでして、左の親指を怪我《けが》していると言って、主人に代わりに名前や住所を書いてもらっています。写真にもあるとおり、指に包帯を巻いていますな。二、三日前に、カッターで指を切ったとか」

「被害者の遺体を司法解剖したな。犯人は右利きかね、左利きかね」

「打撲の跡からして、左利きのようです。それも、純助の容疑を深くしている要因です」

それを聞いて、増加博士は深く頷いた。

「なるほどな、羽鳥警部。これで何もかも手がかりが揃《そろ》った。謎は解けたようじゃぞ」

「本当ですか、増加博士。純助はどんなアリバイ・トリックを使ったんですか」

羽鳥警部は、興奮気味に尋ねた。

増加博士は、落ち着いた声で答えた。

「ある意味簡単なことだ。人間はどんなことをしても同時に離れた二ヵ所の場所に存在することはできない。だとすると、今回の場合は、どちらかの目撃証言が間違っているのだ。つまり、昼頃に山小屋に現われたのは、純助ではなくて奴の登山仲間だ。それが、純助の愛人なのだ。この御時世、愛人が女だとは限らんだろう。その男は付け髭で変装したのだ。純助と同じ服を着て、帽子を深く被っていれば、山小屋の主人の目を誤魔化《ごまか》すことも簡単さ。そして、夕方になり、自分の姿で再度現われるまで、その男は山のどこかで隠れていたんじゃろう」

「ですが、昼過ぎに、純助は雪渓で目撃されていますよ」

「純助は山小屋まで登らず、最初から、雪渓のある谷間を目指して登山したのじゃよ。それならば、妻を殺してから山へ向かったとしても、時間的に余裕があるんじゃないかね——」

そう言って増加博士は、羽鳥警部に、ビールのお代わりを所望した。

花の中の死体

ガラス張りでドーム型をした温室がひどく揺れていた。ドシン、ドシンという重たい足音がだんだん近づいてくる。

「オッホン。羽鳥警部はどこにおる?」

「私ならここですよ、増加博士。洋ラン用の温室の奥にいます」

羽鳥警部が答えると、狭い入口を何とか通り抜けて、やたらに太った老人が入ってきた。左右の手に一本ずつ杖を持ち、増えすぎた体重を支えている。

「そこに死体があるのかな」

左右に並ぶ無数のランの花を見ながら、増加博士が短い首を伸ばした。段違いに作られた長い棚が何列もあり、その上には、綺麗な洋ランが咲き乱れる植木鉢が数えきれないほど置いてあった。温室にはランの甘い芳香が充満していて、室温は高めに調整されていた。

「博士。植木鉢を落とさないように気をつけてくださいよ。あなたが歩くだけで震動が起き、植木鉢がグラグラしているんですから」

心配そうに羽鳥警部が言い、増加博士は頷きながら確認した。

「向こうには、バラやキク、ボタン、ユリ、ハーブなどの温室が並んでいた。洒落《しやれ》た造りの洋館も、野バラの蔓《つる》に覆われておった。どうやら、今回の被害者は、恐ろしく花が好きな御仁なのじゃな」

「そうです。園芸家として有名な男性なのです。〈花の王子様〉というのが、彼のキャッチ・フレーズでした」

「王子？」

「ええ、かなりハンサムな男性でしてね、女性の弟子が多かったんです。最近ではテレビ番組にもよく出ていて、人気がありました」

「若いのかね」

「三十歳になったばかりで、独身です。名前は島原研一郎《しまばらけんいちろう》。父親が貿易商で多額の遺産を残し、それを元に、子供の頃から好きな園芸に打ち込んできました。花の次に好きなのが若い女で、浮き名は絶えなかったようです」

「どれどれ。どんな顔をしているか、見てやろう」

と、増加博士は言い、死体の側《そば》に近寄った。

羽鳥警部は死体を跨いで、犯罪捜査の巨匠に場所をあけた。

「なるほどな。整った顔立ちをしている。背も高い——で、死因は何じゃね？」

「そこに転がっているペットボトルのジュースを見てください。どうやら、その中に毒物が入っていたようです。たぶん、青酸カリでしょう。アーモンドのような匂いがかすかにしますから」

俯せに倒れた被害者の左手の先に、口のあいたペットボトルが転がっている。柑橘系のジュースが、床にこぼれ出ていた。

「つまり、誰かが、彼の飲み物に事前に毒物を仕込んでおいたということか」

「ええ。台所の冷蔵庫に、飲みかけでこのボトルが入っていたようです。今日、洋館にいた者なら、誰にでも細工ができる状態でした」

「犯行時刻は？」

「一時間ほど前でしょう。島原は昼食を客たちと一緒に取った後、午後の花の世話のために温室を回っていました。朝昼晩と、三回、花の様子を見るのが彼の日課でした」

「客というのは？」

「女性が四人。これが本件の容疑者たちです」

「彼と関係があった女性ということかな？」

「そうです。四人が四人とも、自分が彼の婚約者であり、他の三人のうちの一人が、彼を殺した犯人だと主張しています。きっと、他の女に取られるくらいなら、彼の命を奪ってやろうと考えた人間がいたのでしょう」

「ふむ。女の嫉妬《しっと》というのは恐ろしいものだ。わしも若い頃には覚えがある」

「博士が？」

と、羽鳥警部は驚いて目を丸くした。

「そうなんじゃ。もてすぎて困ったものさ」

「はあ――」

「それより、容疑者の名前を教えてくれんか」

「ええ。全員が、島原がやっている園芸教室の生徒でした。年長者から順に、小島美《こじまみ》枝《え》、二十八歳。山富貴子《やまとみたかこ》、二十七歳。安達洋子《あだちようこ》、二十三歳。桜田宏美《さくらだひろみ》、二十一歳。小島美枝には夫がいますが、近く離婚して、島原と結婚することになっていたと述べています」

「アリバイは？」

「誰にもありません。というのも、それぞれが別々の温室で花の世話をしていたからです。島原に頼まれて手伝いをしていたわけです。島原の死体を発見したのは、一番若い桜田宏美で、彼女が警察に通報しました」

「誰がどの温室にいたのかな」

「小島美枝がユリ、山富貴子がキク、安達洋子がバラ、桜田宏美がハーブです」

「昼食というのも、恒例のものだったのかな」

「そうです。島原は花を使った料理というものを研究していて、それを弟子の女性たちに食べさせては、反応や評価を聞いていたんです。御存じかどうか、最近では、懐石料理やフランス懐石でも、花を使ったものが増えてきているんです」

増加博士は、周囲を見回し、

「それで、この事件のどこに不思議が転がっているのかね。この温室が、一種の密室状態だったということかな」

と、期待するように尋ねた。

羽鳥警部は首を横に振ると、

「いいえ、今回は特に不可能犯罪というわけではありません。温室のドアには錠前すら付いていませんでしたから」

「なのに、おぬしは、このわしをわざわざ呼び寄せたのかね」

と、増加博士は咎《とが》めるように言った。

「申し訳ありません。しかし、人間一人死んだことにはかわりありません」

「解っておるさ。命の重みを計っているわけではないぞ。だが、普通の事件ならば、警察の力でも解決できるのではないかと思ったものだからな」

「時間をかければそうかもしれませんが、できれば、あなたの叡智《えいち》を借りて、さっさと片付けてしまいたいのです。どうかよろしくお願いします」

と、羽鳥警部は下手に出て頼んだ。

増加博士は、また、死体の顔を覗き込んだ。

「羽鳥警部。他に何か手がかりはないのかね」

「一つ、あるんです。死体の右手にボタンが一つ握られていまして――」

と、羽鳥警部は言い、屈んで、島原の右の拳を指さした。指を一本ずつ開いていくと、掌《てのひら》の真ん中に小さなボタンがあった。

「ほう、ボタンか」

「ええ。自分の洋服のボタンです。上着の二番目のボタンを、死に際にむしり取って、きつく握ったようなのですよ」

「ふうむ」

「私は、これはダイイング・メッセージではないかと期待していましてね」

「被害者が、このボタンに託して、犯人を名指ししたのではないかと言うのじゃな?」

「そうです」

「同感だ。命が失われていく中、わざわざボタンを引きちぎる者はそうはおらんじゃろう。意図的なものと見てかまわんな」

「それで、どう思いますか、増加博士?」

犯罪捜査の巨匠は、鍾馗鬚を撫でながら、

「洋服のボタンが、特定の個人に繋《つな》がるとは思えんな。普通のプラスチック製の黒いボタンで、特別、凝った素材や形をしているわけでもないし」

「そうですね。これが中学や高校の話ならば、卒業式の時に、女の子が、好きな男の子に、学生服の第二ボタンをくださいとせがむことにもなるでしょうが——」

「残念ながら、ここは花の家だ。したがって、死人の手の中にあったボタンは、花のボタンのことを示していると考えるのが、最も妥当じゃろう。とすれば、ボタンの温室とも関係があるはずだ。その温室にいた者が犯人というのはどうじゃ」

「残念ながら、今日、ボタンを世話していた女性はいませんでした。島原が、ここの後に回る予定でしたから」

「ボタンの花には、どんな色があるのかな」

「代表的な色は、赤、黄、白、淡紅、紫……でしょうか」

「四人の女性が着ていた服で、それに該当するようなものは？」

「あえて言えば、小島美枝が白、山富貴子がピンク色、安達洋子が黄色、桜田宏美が薄紫色の服を着ています——どうも、誰かに絞ることはできませんね」

　増加博士は思案顔で、

「昔から、美人を形容するのに、〈立てば芍薬《しゃくやく》、座れば牡丹《ぼたん》、歩く姿は百合《ゆり》の花〉という言い方がある。それは、ボタンとシャクヤクがよく似ていて、どちらも美しい花だからだ。しかし、並べて見ると違いがはっきりと解る。それに、ボタンは〈木〉だが、シャクヤクは〈草〉じゃしな」

　と、蘊蓄《うんちく》を述べた。

「猪《いのしし》の肉のことをボタンと呼びますが……」

「異名か——おい、ちょっとわしに考えさせてくれんか」

と、断わり、増加博士は側にあった椅子に腰掛けた。普通のパイプ椅子だったので、巨匠の体重で今にも壊れそうだった。

少しして、増加博士はつぶらな目を開き、

「おお、バッカスよ！　こんな簡単な問題の答がどうしてすぐに解らなかったのだ！」

と、自分を責めるように叫んだ。

「どうしたんです？」

「羽鳥警部。おぬしは、ボタンの花の異名を知っているかね」

「異名？　いいえ——」

「〈富貴〉もしくは〈富貴草〉というんじゃ。故に、山富貴子が犯人だと考えて良いだろう。彼女の名前の中には、〈富貴〉という字がちゃんと入っているからな！」

おクマさん殺し

ドスン、ドスンという地響きが聞こえて、その小さな木造の小屋全体が震えた。そして、増加博士が扉をあけて室内に入ってきた。鼻眼鏡をかけていることと、二本の杖を突いている以外は、完全な裸体であった。

「ここが、殺人現場かね」

と、室内をジロジロと見ながら、増加博士は尋ねた。

「そうです、よく来てくださいました」

と、答えた羽鳥警部も、メモ帳とボールペンを持っている以外は素っ裸であった。

「いくらヌーディスト・ビーチとはいえ、わしらの服まで取り上げる必要はなかろう」

「その点については、ずいぶん厳格なシステムを用いているんですよ。御覧になったと思いますが、石垣島《いしがきじま》特有の翡翠《ひすい》色《いろ》の海と、東西二キロメートルにわたる風光明媚《ふうこうめいび》な浜辺が、このリゾート・クラブの所有地です」

「この小屋は何だね」

「海水浴客が、時々、休憩所として使っている場所です。以前、この浜は、沖縄に住む、羽振りの良い宝石商のものだったんですが、店主が心臓麻痺《まひ》で急死してしまったんです。この小屋はその人物が造ったものです」

「で、この海辺の土地を、どこかの観光会社が買い取ったというわけかね」

「そうです。そして、海辺の森に豪華なクラブハウスとコテージを建て、高級会員制リゾートとして売り出しました。クラブハウスにはリラクゼーション設備が整っているので、浜辺は完全に自然な状態に置かれていて、メガネなどの他は、タオルすら持ち込みが禁止となっています」

「わしのようなデブには、この暑さも海岸の砂も好きにはなれんな」

増加博士はまた文句を言い、額の汗を手の甲で拭《ぬぐ》った。

羽鳥警部は、自分の後ろを指さした。

「部屋の真ん中に倒れているのが被害者です。名前は、大熊良美《おおくまよしみ》。神戸の中華街で漢方薬店を経営している人物です。この高級リゾート・クラブの会員になれるくらいですから、店はけっこう繁盛しているようです」

増加博士は死体を覗き込んだ。

床は血の海で、その真ん中にやはり裸の死体が大の字になって転がっている。やや太った中年の女性で、薄化粧された顔立ちはわりと整っていた。長い髪も、手入れが行き届いていることが解る。

「これは、ひどい有様じゃな。ずいぶん念入りな殺し方をしておる。何かで胸を刺した上に、腹を大きく引き裂き、腸などの内臓を外へ引きずり出したわけか……」

と、さすがの増加博士も顔をしかめ、鬚だらけの弛んだ顎を撫で回した。

「ええ。それが、この異常な殺しの特徴です」

「凶器はどこかね？」

羽鳥警部は、窓際の壁の方を指さした。

「そこにある血染めの包丁がそうです。ほら、壁に裂け目がありますよね。その前です。たぶん、腐った羽目板をはがして、中に凶器を隠そうとしたのでしょうね。ですが、結局はやめたようです」

増加博士は、その凶器をよく見た。

「錆びた包丁じゃな。これは、この小屋の中にあったものかね」

「そのようです。キッチンに食器などが少し残っていますし、シンクの上に錆の跡がありますから、そこに包丁が置かれていたみたいです」

と、死体の向こう側を羽鳥警部は見た。小さなカウンターと、木製の椅子が二脚あり、その向こうに形ばかりの流しが見えた。

「ふうむ。とすると、殺人は突発的なもので、計画性はないとみた方が良さそうじゃな。事件の起きた時間は？」

「たぶん、午前六時というところでしょう。朝早く起きて、浜辺を散歩するのが、被害者の日課だったと夫が言っています。夫の方は朝食の時間まで寝ていました」

「浜辺に足跡は？」

「いくつか残っていますが、新しいものか古いものか解りませんし、今は満潮時で、波打ち際のものはすべて海水に飲まれてしまいました。ですから、手がかりになるようなものはありません」

「おぬしは、殺人の動機について、どう考えるかね。何故、犯人はわざわざ、こんな場所で殺人を犯したのじゃろう？」

「私の推理を披露してよろしいのですか」

「ああ、かまわんぞ」

と、増加博士はまた、海賊のような鬚を生やした顎を撫でた。

羽鳥警部は、死体の側に寄ると、

「実は、この死体には胃袋がないんです。犯人が内臓を引きずり出した後、胃袋を切り取り、そこの流しの中で洗ったようです。血の痕跡《こんせき》を見ると、そう推察されます」

「ふむ」

「ですから、犯人は漢方薬信者だと思いますね。その意味では、被害者と顔見知りだったのではないでしょうか」

「ほう？」

「要するに、犯人は、被害者の臓物を食べるために、腹を引き裂いたのです」

「何じゃと？　食人だと言うのかね？」

増加博士は、丸い目を驚きで見開いた。

「単なる食人ではありません」

「では、何じゃ？」

「被害者の名前は、大熊良美。渾名《あだな》はおクマさんと呼ばれていました。ですから、犯人は、おクマさんの肝を食おうとしたわけです」

羽鳥警部は自信ありげに言ったが、増加博士は首を傾げた。

「すまんな、わしには、おぬしが何を言おうとしているのか、よく解らんのだが――」

「つまりですね。犯人は、熊の肝を食おうとしたんです。というのも、中国漢方の世界では、クマの肝――肝臓――や、そこで作られる胆汁は、非常に高価で珍しい薬とされているからですよ。犯人はそれが欲しかった。だが、この石垣島には熊はいない。だから、かわりに、おクマさんを殺し、そこから胃を取り出して食べたんですね。

ということから、犯人像も割り出されます。狂信的な漢方薬信者で、もしかすると、人間と熊の区別がつかないほど、精神が錯乱しているのかもしれない」

「おいおい。けれど、なくなったのは胃なのじゃろう。肝臓ではなく？」

「ええ、ですが、熊の胃も、肝臓と同じくらい珍重されています」

「ずいぶん、面白い推理じゃな」

と、増加博士は目を細めて言った。

「そうですか」

と、羽鳥警部は嬉しそうに答える。犯罪研究の巨匠に褒められたと思ったからだ。

だが、それは、羽鳥警部の錯覚だった。

増加博士はふふんと鼻を鳴らすと、

「未《いま》だかつて、これほど珍妙な推理は聞いたことがないわい。その意味では、反面教師として傾聴するには値したがね」

「反面教師？」

と、羽鳥警部は萎《しお》れた顔で言った。

「うむ」

「では、間違っていると言うのですか」

「そうじゃ。残念ながら、完全に間違っておる。犯罪事件を、何でもかんでも狂信者のせいにするのはどうかと思うぞ。熊の肝が欲しければ、漢方薬屋へでも行って、買ってくればよかろう」

「動物保護の観点から、日本の漢方薬屋では、あまり手に入らなくなっているんです」

「中国や台湾などへ行けば、まだ手に入るだろう。向こうには、まだ、胆汁を取るための熊牧場もあるそうじゃからな」

と、増加博士は指を振りながら指摘した。

「では、犯人は何者ですか」

と、意気消沈して、羽鳥警部は尋ねた。

答える前に、増加博士は彼に頼んだ。

「その羽目板が壊れている所を覗いてくれんか。中に何かないかね」

羽鳥警部は言われたとおりにした。

「何もありません。埃《ほこり》が溜まっているだけですね」

「どのくらいの隙間がある？」

「そうですね。文庫本を五、六冊積み上げたくらいの広さでしょうか」

それを聞いて、増加博士は満足そうに頷き、

「わしが思うに、犯人は、この小屋の元の持ち主の知り合いじゃろうな」

と、断言した。

「宝石商の？」

と、羽鳥警部は目をしばたたいた。

「そうじゃ。たぶん、その宝石商は裏であくどい商売をしておったのだ。そして、壁の裏側に、宝石をたくさん隠しておいたに違いない。で、今朝、その知り合いが、ここに宝石がないかどうかを調べに来たのだ。

その様子を、散歩の途中に小屋へ立ち寄った被害者に見られてしまったんじゃな。それで、口封じのために、犯人は彼女を殺したわけなのじゃよ」

「でも、何故、犯人は、被害者の胃袋を奪ったのですか」

「犯人は、事前調査のつもりで来たから、手ぶらだった。しかし、被害者を殺してしまったので、宝石を持ち去るしかなくなった。それは両手に溢《あふ》れるほどの数があり、裸の状態だったので、そのままでは運ぶことができなかった。そこで犯人は、被害者の胃袋を取り出し、その片側を結んで、簡易的な袋を作ったわけさ。そして、犯人はそこに宝石を入れて、持っていったに違いなかろう」

「では、犯人はまだクラブハウスに？」

「全員、足止めしてあるならそこにいるだろうし、人目があるので、宝石の入った胃袋は建物に持ち込めない。たぶん、建物の外のどこかに埋めてあるのじゃないかな」

と、増加博士は自信満々に言った。

果物の名前

ドスン、ドスンという地響きが聞こえた。

そして、ドアがあくのと同時に、雷のような大声があたりに響いた。

「羽鳥警部。ここが、今度の殺人現場かね」

入口には、杖を二本突いた巨体の主が立っていた。横綱級に太った老人で、犯罪捜査の巨匠と言われている増加博士である。もともと脂肪で膨らんでいる頬を、さらに膨らませているのは、不機嫌な証拠だった。

「御足労、ありがとうございます、博士。どうぞ、こちらのソファーにお座りくださ い」

羽鳥警部が労《ねぎら》いの気持ちから礼を言うと、

「ああ、確かに御足労だったとも。こんな山の上まで、わしのようなデブっちょを引っ張り出すとは、どんな酔狂なんじゃ。よっぽどの不可能犯罪でもなければ、割に合わんぞ」

と、増加博士は文句をたれた。そして、大きなソファーにどっかと腰を下ろした。スプリングが悲鳴を上げたのは言うまでもない。

「お疲れですか」

羽鳥警部は確認した。

「ああ。おぬしが迎えに寄越《よこ》した車は、百メートルほど下にある駐車場までしか、わしを運んではくれなんだ。運転手の若い警官は、『あとは歩いてくれ』と、この老いぼれに言う始末だ。何という言いぐさじゃ」

増加博士は口を尖《とが》らせて、文句を言った。三重顎がブルブルと震える。

「それはすみませんでした」

恐縮顔で羽鳥警部が謝ると、ようやく気がすんだのか、増加博士は大きな手を振り、

「まあ、いい。ところで、わしを、こんな那須《なす》の、小高い山の上にあるペンションまで呼びつけた理由はなんじゃ？」

と、質問した。

「殺人がありました。昨夜、〈秋の美食クラブ〉のリーダーが、ハンマーで後頭部を殴られて死亡したのです。その犯人が解らず困っているんです。で、博士に事件を解決していただこうと思いまして」

「凶器に指紋は？」

「クルミの殻を割るためのハンマーでして、みんなが使っていたので、指紋だらけで容疑者を特定できません」

「現場は、密室殺人か何かかね」

と、増加博士はやや期待するように言った。

「いいえ。申し訳ありませんが、そういう不可解なものではありません」

「では、何じゃ？」

「説明いたします。昨夜九時頃、ここの食堂に、被害者を含めてクラブ員五人がいました。その時、停電があり、何かを殴る鈍い音と、小さな悲鳴と、誰かが床に倒れる音がしたのです。ペンションの主人が懐中電灯とランプを持ってくると、〈秋の美食クラブ〉のリーダーが床に倒れ、呻《うめ》いていました。後頭部から血を流していたのです。皆はびっくりして、身動きすらできずにいました。すると、被害者は必死にテーブルの脚につかまり、何とか上半身を起こしました。そして、テーブルの上に置いてあった、ある果物を手に取りました。けれど、それを握ったままふたたび床に倒れ、絶命してしまったのです」

「つまり、被害者は、その果物をつかむことで、ダイイング・メッセージを残したということなのだな？」

と、興味を持ったらしく、増加博士は目を細めた。

羽鳥警部は頷き、

「ええ、そうです。私はそう考えています」

「その果物とは？」

「イチジクです」

「イチジク？」

「ええ」

「それはあれかね。壺状の形をした果物で、熟れると外が紫色になり、中の赤い果肉には細かい粒々がたくさんある？」

「そのイチジクです。テーブルの上には、メンバーたちが昼間、山に入って採ってきたいろいろな果物やキノコがありました。イチジクの他にクリ、アケビ、クルミ、ギンナン、それから、キノコは、コウタケやシシタケ、アミガサタケ、フウセンタケなどが皿に盛ってあったそうです。それを見ながら、みんなで話をしていたんです」

「何故、被害者は、犯人の名前を告げるなり、その人物を指さすかしなかったのだ？」

「実は、被害者は唖者《あしゃ》でした。生まれた時から口はきけませんでした。それから、極度の近眼で、倒れた時にメガネがどこかにすっ飛んでしまい、薄暗闇の中で、誰が誰だか解らなかったのだと思います。それで、被害者の名前をイチジクの実に託して、他の者に伝えようとしたのでしょう」

「ふうむ」と、喉の奥で唸《うな》った増加博士は、「被害者が殺された理由は？」

「たぶん、リーダー争いです。最近、クラブの方針について、他の四人とリーダーとの間で度々諍い《たびたびいさか》があったそうです。事件が起きる寸前も、揉めてしまって口論――被害者は筆談で――していたそうですから」

「揉めた理由は？」

「他の四人は、美食の対象を果物と山菜のみに絞るべきだと言い、被害者は、キノコも認めるべきだと主張しました。他の四人は毒キノコに当たることを恐れて、それに反対していたわけです」

「それしきのことで殺人が起きるとは、実に驚きだわい。だが、どんな些細なことでも、当事者になってみれば真剣じゃからな。わしらには解らない軋轢《あつれき》があったのかもしれんな」

「ええ」

「では、容疑者四人の名前を教えてもらおうか」

「はい。四谷里香《よつやりか》、九間杉作《きゅうますぎさく》、井上三造《いのうえさんぞう》、小城健一《こしろけんいち》です。被害者を含めて、全員が六十代です。定年退職をした後、ハイキングをかねて野山の食べられるものを採取するのが、このクラブの目的でした」

「で、君は誰が犯人だと思うのかね」

「たぶん、小城健一です」

「何故じゃ？」

「イチジクですから、〈イチ〉という字が名前に入ってる小城健一が一番怪しいですね」

「だったら、イチジ〈ク〉で、〈九〉という数字が名前にある九間杉作はどうなんだ？」

「彼の名前の〈九〉は〈ク〉ではなく〈キュウ〉ですから、違うと思いますね」

増加博士は、鍾馗鬚で覆われた顎を手で撫でた。

「イチジクは、漢字だと〈無花果〉とか〈映日果〉と書くな。小アジアが原産のクワ科の落葉小高木で、だいたい、木の高さは二から四メートルほどになる。当然のことながら、果実は熟すと食用になるわけだ」

「そうですね。しかし、そうした事柄が、誰か特定の人物を名指しするとは思えません」

「ふうむ。異様にイチジクが好きだという者はいなかったのかね」

「いません」

「イチジクを採ってきたのは？」

「リーダー自身です」

「そうか。事件の概要は解った。少し、わしに考えさせてくれ――」

そう言って、増加博士は腕組みすると目を瞑った。しばらく、ゼイゼイいう、彼の呼吸の音だけが部屋の中に響いた。

目をあけ、腕を解いた増加博士は、

「羽鳥警部。どうやら犯人が誰か解ったようじゃぞ」

と、しっかりした口調で言った。

「本当ですか。犯人を教えてください」

羽鳥警部は身を乗り出すようにして頼んだ。

すると、増加博士は鍾馗髭を撫で回し、

「おぬしは、珍名について何か知っておるかね」

と、変なことを言いだした。

「珍名？」

「ああ。変わった名字とか、変わった読み方をする名字だな」

「さあ、特には……」

羽鳥警部は困惑顔で言った。

「たとえば、〈一尺八寸〉という名字の人がいるが、何と読むか解るかね〈いっしゃくはっすん〉ではないぞ」

「解りません」

「〈かまつか〉だ。昔、鎌の柄の長さが〈一尺八寸〉だったことが理由らしい」

「へえ」

「では、〈一〉という名字は何と読む？」

「〈いち〉とか〈はじめ〉でしょうか」

「これは、〈にのまえ〉だ。〈二の前〉ということだな。まあ、こうなると頓知《とんち》としか思えんがね」

「そうですね」

「ならば、もう一つだ。〈小鳥遊〉という名字を正しく読めるかね」

「何でしょうか。〈ことりあそぶ〉ですか」

羽鳥警部が首をひねると、増加博士は得意気な顔で答を披露した。

「〈たかなし〉と読むのだ。つまり、〈小鳥が自由に遊べる〉というわけだな」

鷹がいなければ、〈鷹がいない〉から〈鷹なし〉となったものだ。

「そんなの、解るわけがありませんよ」

羽鳥警部は肩をすくめ、首を振った。

増加博士はニヤリとして、

「そこで、問題の〈イチジク〉だ。この名前を人の名字だとすれば、犯人を名指しするヒントとなる」

と、指摘した。

「誰が犯人ですか」

「九間杉作じゃよ」と、増加博士は即座に言った。「〈九〉と書く名字があってな、それは〈いちじく〉と読むのだ。〈一字でも九《く》〉というのが由来らしい。その〈九〉という数字が名前に入っているのは、九間杉作のみだからな。彼が犯人に違いない」

カツラの秘密

天井のシャンデリアがいきなり消えた。

五人の男女は、暗闇の中に放り込まれた。

女性の一人が小さな悲鳴を上げ、若い男性が「停電だ！」と、鋭く叫んだ。

すると、主人の男性が「落ちつけ」と言った。「雷が近くにある変電所に落ちたんだろう。停電だ。すぐに元に戻るはずだ。危ないから、明るくなるまでじっとしているんだ」

しばらく前から、箱根《はこね》にあるこの別荘は、豪雨と雷に見舞われていた。稲光が走り、大地を揺るがすような雷鳴が何度も轟《とどろ》いた。その度に電灯が明滅していたのだが、とうとう電気の供給が止まってしまったのである。

「誰か、マッチかライターを持っていないか」

「持っていないな」

「懐中電灯とかは用意していないんですか」

「すまないな。この部屋には置いてないんだ――」

その時、また稲光が空を走り、カーテンの隙間を通して青白い光が部屋に入り込んだ。その淡い光が、丸テーブルの周囲にいる五人の姿を一瞬だけ、暗闇の中で浮き上がらせた。光の色のせいでなく、全員が青ざめていて、不安な表情をしていた。

雷鳴は、わずかに遅れてやってきた。部屋の空気をビリビリと震わせて、またも彼らの耳を劈《つんざ》いた。

女性二人が、揃って軽い悲鳴を上げ、男性の一人が息を飲んだ。

その時だった。誰かがウッと鋭く呻いたのである。そして、その誰かが、テーブルの上に突っ伏すような音がした。そこには占いに使う水晶玉やタロット・カード、古い拳銃やナイフなどがのっていたが、そうした物が、床に崩れ落ちる誰かと一緒に、床の上にばらまかれるのが音と気配で解った。

「どうした!?」

「何だ!?」

「何なの!?」

「嫌っ!?」

暗闇の中で、四人の男女が口々に叫んだ。

瞬時に、冷たい不安と、切羽詰《せっぱつ》まった緊張感がこの部屋に充満した。

稲妻が続けて三度光った。そのため、カーテンの合わせ目と周囲から、青白い光が断続的に漏れてきた。

だが、その弱い光で充分だった。

四人の男女は——犯人は除いてだが——恐怖にすくみ上がった。

場所が少しずれたテーブルの横に、痩せぎすの男が仰向《あおむ》けに倒れていたからだ。彼の目は極限まで見開かれ、口が半開きになり、そこから血が溢れていた——いや、それだけではなかった。喉の中央から右側にかけてが真一文字に裂けていて、そこからねっとりした血が噴き出していたのだ。

男は死にかけていた。男のまわりにはタロット・カードが散乱している。

稲妻が光ったのはほんの短い時間だったが、それだけでも、四人の男女の目に、この悲惨な光景が焼き付いたのだった……。

※※※

「オホン！」

大きな拳を口に当てて咳払《せきばら》いをしたのは、増加博士である。

死体はすでに検死に回されており、この場にはなかった。フローリングの床に血溜まりがあり、鑑識がチョークで死体のあった位置を線で描いていた。

「――で、羽鳥警部。その痩せぎすの男だが、何者なのかね」

その声は、昨夜の雷に負けないくらい大きかった。犯罪捜査の巨匠にして、相撲取りのような巨体の持ち主である増加博士が、警視庁の刑事に返事を求めたのだ。

「自称、占い師です。が、その裏で恐喝も行なっていたみたいですね。私立探偵などを雇って、事前に、相手のことをこっそり調べておくんです。それを占いで判明したかのごとく装い、相手を驚かせて金を稼いでいました。ついでに、相手に弱みがあると、そこを突いて金をせしめていたというわけです」

羽鳥警部が答えると、増加博士はチラリと窓の方へ目を向けた。すでに夜が明けてだいぶ経つ。雷雨も去っていた。雲の切れ間から明るい日差しが伸びて、被害者の所有するこの山荘を取り囲んでいた。

「とすると、この男を殺したのは、恐喝されていた人間なんじゃな？」

「ええ、そうです。ただ、困ったことに、昨夜ここにいた四人は、全員が被害者に脅されており、彼を殺す動機を持っていました」

「ふむ。どんな人物たちじゃ？」

「一人は青井幸二《あおいこうじ》、五十歳、弁護士です。次は木戸洋一《きどよういち》、二十八歳、政治家の秘書です。三人目は篠原節子《しのはらせつこ》、三十五歳、ホステスです。四人目は河内涼子《かわうちりょうこ》、四十一歳、派遣会社の社員です」

「彼らは今、どこにおる？」

「別室で取り調べをしています。全員が犯行を否定していて、他の人物がやったと言い張っています」

「どんな弱みを、占い師に握られていたのだ？」

「青井はある大手の弁護士事務所に勤めているのですが、弁護費用を使い込んだことがあるようです。木戸は事務所の人間に、選挙違反を指示しました。篠原は同僚のホステスの宝飾品を盗みました。河内は派遣された会社で発注ミスをしたのですが、伝票操作でそれを誤魔化したようですね」

「つまり、罪が発覚すると、彼らは社会的な地位を失うというわけじゃな」

「刑務所に入ることもあるでしょう」

　解ったと頷いた増加博士は、

「ならば、事件当時のことを教えてくれ。暗闇の中で、誰かがテーブルの上にあった古いナイフをつかみ、それで被害者の首を背後から切ったということだな？」

　と、羽鳥警部に質問した。

「そうです。ナイフを逆手に持ち、左から右へ動かしていますので、犯人は右利きです。が、残念ながら全員が右利きですから、決め手になりません」

「ナイフの柄に指紋は？」

「テーブルの上にあった布きれを使ってナイフを握ったらしく、指紋は付いていませんでした。その布きれは、水晶玉を磨くために被害者が用意した物です」

　増加博士は、鍾馗鬚を生やしたふっくらした顎を撫でながら思案し、

「被害者は即死だったのかね？」

　と、尋ねた。

　羽鳥警部は首を振った。

「いいえ。即死ではありません。一分くらい生きていました。彼が床に倒れた後、すぐに停電が終わって、室内が明るくなりました。すると、彼は自分の髪の毛をわしづ

かみにして、胸の前で弱々しく、左右に振っていました。そして、他の四人が見ている前で息を引き取ったのです」

「自分の髪の毛をむしり取ったのか」

と、増加博士は怪訝な顔をした。

「ああ、すみません。正確に言うと、カツラです。被害者は若禿げで、二十代前半から精巧なカツラを着けていました。そのことは、知っている者も多かったようです」

「被害者の年は？」

「四十七歳です」

「カツラの色は？」

「黒髪で、長髪気味ですが、襟首《えりくび》を隠す程度です。特別変わった髪型ではありません」

増加博士は鼻眼鏡を掛けなおし、低い声で問い直した。

「羽鳥警部。おぬしは、被害者が、自分のカツラで、犯人が誰であるかを告げようとしたと言うのじゃな？」

「そうです。口がきけなかったので、そういう方法でダイイング・メッセージを残したんですよ。そうでなければ、断末魔の人間がわざわざ自分のカツラを取って、禿頭を誰かに見せようとなんかしませんからね」

「まあ、その意見にはわしも賛成じゃよ。だが、問題は、カツラを使って、何を教えようとしたかじゃな」

「ええ」

増加博士はつぶらな目をしばたたき、

「容疑者の中に、カツラを使っている人間はいるかね」

「いいえ、いません」

「女性なら、付け毛くらいはしていてもおかしくはないじゃろう？」

「ちゃんと調べましたが、全員が自前の髪でした」

増加博士は腕組みすると、

「漢字で書くと〈鬘〉じゃな。ウィッグとかヘア・ピースとかいう言い方もあるぞ」

「イギリスなんかだと、法廷で、今でもカツラを被りますね」

「あれは、法廷弁護士——バリスターと言うんじゃや。馬の毛でできたウィッグじゃよ」

羽鳥警部は困惑気な顔で、

「しかし、カツラと結びつく者など容疑者の中にはいないようでして……」

と、弱音を吐いた。

「カツラと言えば、俳優がよく使うものだが……もしや……カツラか……なるほど……おお、バッカスよ！」

と、増加博士がいきなり手を打った。

「犯人が解ったのですね、増加博士！」

「ああ、解ったとも。犯人は木戸洋一じゃ！」

「何故です？」

「おぬしは、桂小五郎《かつらこごろう》を知っておるかね」

「ええ、幕末に活躍した人で、薩摩《さつま》の西郷隆盛《さいごうたかもり》、大久保利通《おおくぼとしみち》と共に、維新の三傑と言われていたはずです」

「そのとおり。その桂小五郎は、改名して木戸孝允《たかよし》という政治家になるんじゃ。つまり、カツラ＝木戸というわけじゃよ」

火炎の密室

緑川浩平《みどりかわこうへい》は、柴田《しばた》俊二《しゅんじ》が大嫌いだった。

それは大学に入り、ミステリー研究会に入部した時以来の感情だった。柴田は浩平より一年先輩なのだが、年がら年中先輩風を吹かせ、浩平を馬鹿にしてきた。

「何だ、お前、そんな作品も読んでないのかよ。初歩だぜ、初歩」

「クリスティーなんか読んで喜びやがって。お子様だな。チェスタートンを読めよ」

「その本なら、俺、すぐに犯人が解ったぜ。××が××っていうのが手がかりだって、気づかない方がマヌケだよ」

「ああ、△△△の新刊か。それなら、俺はもう読んだぞ。ぜんぜん面白くなかったな」

――という具合に、柴田はことあるごとに浩平の読書の意欲を削ぐようなことを、平気で口にしてきたのだった。

『……こいつ、いつか殺してやる』

ミステリー研では、先輩後輩のけじめがうるさく、口答えすることや文句を言うことはできない。仕方なく愛想笑いをして、浩平は柴田の意地悪をやり過ごしてきたのだった。

しかし、それも、もう我慢の限界に来た。

「その本の犯人は、○○○○だよ。そんなのは、登場人物一覧を見た時に俺は解ったね」

その言葉を聞いた途端《とたん》、浩平は近くにあった火掻《ひか》き棒を握りしめ、思いっきり、その先を柴田の後頭部に叩きつけたのだった。肘掛け椅子に座っていた柴田は、喉の奥で小さく呻くと、そのまま前のめりに床に倒れ、あっさりと事切れてしまったのである。

そして、ハッと浩平が気づいた時には、彼の足下に死体が転がっていたというわけだ。

一瞬、気が遠くなり、眩暈《めまい》がしたが、浩平は何とかもちこたえた。瞬時の興奮状態から、一気に気持ちが冷めて、自分のしでかしたことの重大さに愕然《がくぜん》となった。浩平は小さな悲鳴を上げ、思わず火掻き棒を投げ捨てようとしたが、指がこわばっていて開かなかった。

「くそっ！　こんな奴のために！」

と、浩平は蒼白《そうはく》な顔で癇癪《かんしゃく》を起こした。柴田のせいで、自分は殺人者の烙印《らくいん》を押されるのだ。こいつは、死んでからも、僕を苦しめる。殺人者として世間から非難の視線を浴び、刑務所に入れられるのだ。

嫌だ！　そんなのは嫌だ！　絶対に嫌だ！

浩平は血走った目で、部屋の中を見回した。

何とかして、この事態から逃れる方法を考えるのだ。

浩平は深呼吸して気持ちを落ち着け、それから、死体に触ってみた。

柴田は俯せに倒れ、顔を横に向けていた。目は飛び出る感じで見開かれ、半開きの口からは赤い舌が覗いていた。後頭部と首筋を確認したが、血はほとんど出ていなかった。

……そうだ！

つまり、打ち所が悪かった、ということなのだろう。

と、浩平は思いついた。こいつに相応《ふさわ》しい死の場景を創り上げよう。ミステリー・ファンなら一度は夢見たことがある密室――そう。密室殺人を演出するのだ。その謎が解けなければ、警察も犯人を追及することはできない。

ならば、柴田は、内側から鍵のかかったこの部屋の中で、死体となって見つかるのが良い。その時、自分はこの家の外にいて、単なる傍観者となろう。したがって、柴田の死は自殺に見せかけなければならない。

よし、あれだ！

浩平は飛びつくように、柴田の机の引き出しをあけた。その中に、『ロボット山荘殺人事件』という小説の下書きが入っていた。柴田はサークルの活動の一環として、年二回、犯人当てゲームの執筆を担当していた。しかも、今時珍しく、手書きの原稿だった。

……これだ、これ、このページ。

この小説の中に、参考資料として、被害者の遺書が挟まっている。独立したページだから、これを使うのだ。しかも、この小説の登場人物はサークルに属する者の実名が使われていて、被害者となるのは柴田であった。

『――私は自分の手で自分を始末します。私は人生に疲れました。　柴田俊一』

もちろん、この遺書の部分は、小説内の犯人があるトリックを使って、小説内の柴田に書かせたものだ――という設定なのである。

だが、そのことを知っているのは、死んだ柴田と浩平しかいない。浩平はニヤリと笑い、そのページをキッチンのカウンターに置き、すぐに見つかるようにした。その他のページは、自分の上着のポケットに押し込んだ。

さて、問題はこれからだ。柴田の死体を自殺に見せかけなければならない。

まず、浩平はドライブ用の手袋を取り出した。指紋を残さないためだ。それから、死体を椅子に座らせる。洋服を探って、ポケットの中の財布やハンカチ、百円ライター、鍵の付いたキー・ホルダーなどを取り出し、脇にあるガラス・テーブルの上に置く。

それから、キッチンから持ってきた包丁を柴田の右手に握らせ、それで左の手首を切った。リストカットしたように見せかけるためだ。死んでから間がないので、まだ血が流れ出る状態であり、ポタポタと床に滴り落ちた。

次に、浩平は玄関脇にある小さな倉庫から、灯油のポリ缶を持ってきた。そして、灯油を、死体の頭からたっぷり振りかけた。

柴田は自分で灯油を被り、それから手首を切り、最後に、百円ライターで火を点けたのだ――という状況を偽装するわけである。

すべての準備が終わると、浩平は部屋を見回した。

二つある窓はどちらも錠前が下りている。自分がいたという痕跡も残っていない。

よし、大丈夫だ。見落としはない。

さあ、密室殺人の仕上げといくか――。

※※※

「――うぉっほん。羽鳥警部。今回は間違いなく、密室殺人と言うんじゃやな！」

興奮ぎみに言ったのは、相撲取りのような巨体の持ち主、増加博士だった。

「そうです。密室殺人なんですよ」

そう頷いたのは、名探偵とは旧知の仲である、中年の刑事だった。

「この家は？」

森の中にポツンと建つ、こぢんまりした赤い屋根の家を見て、増加博士は尋ねた。

板張りの壁が周囲の自然と調和しているが、屋根の上の風見鶏《かざみどり》と、破風《はふ》の下にある格子以外には特徴がない。玄関脇に大きな栗の木があり、緑溢れる太い枝がその屋根に接するほどに伸びていた。

「故人の父親の持ち物で、一応、別荘として使っていました。この森の中には、同じ業者が建てたそっくりな建物がいくつかあります」

「で、向こうにいる御仁が、事件を通報したんだな？」

増加博士は、パトカーの側に立つ青年を、二本ある杖の一本で指し示した。

「ええ。彼は緑川浩平。被害者である柴田俊二の、大学の後輩です。二人とも、ミステリー研に入っているそうですよ」

「ふん。そんなこったろうと思ったわい。世界中で起きる謎めいた犯罪は、ほとんどミステリー研のメンバーが酔狂で起こしておるんじゃ。本当だぞ」

「緑川が言うには、先輩に呼ばれて来てみたら、家の中で火が燃えていたので、隣の家へ助けを求めて駆け込んだ、ということです。で、そこの主人と二人で玄関のドアを蹴《け》破《やぶ》り、消火器で火を消したんです」

「出入り口は、玄関のドアだけかね？」

「ええ。ドアも、二つある窓も、鍵がしっかりかかっていました」

「合い鍵は？」

「被害者と父親が一つずつ鍵を持っていまして、大阪にいる父親に電話で尋ねたところ、自分のものは手元にあるそうです」

「被害者の鍵は？」

「死体のすぐ側に落ちていて、やはり焼け焦げていました。死体は灯油を被り、炎で燃えて松明《たいまつ》のようになっていました。その火が壁やカーテンに移って這い上り、天井の一部を燃やしたわけです。焦げた小さな穴があいていますよ」

「中の間取りは？」

増加博士は火災現場の匂いを嫌って、家の中に入るのを拒否していたのだった。

「1LDKです。遺書もキッチンのカウンターの上にありました」

「にもかかわらず、おぬしは、これを殺人だと推測したんじゃな？」

「そうです。何か怪しいんですよ」

と、羽鳥警部は答え、現場と死体の状況を写したポラロイド写真を見せた。

増加博士は唸り声を上げると、

「おぬしの言うとおりだな。死体が包丁を握っていて、左手首を切っている。燃えて黒焦げのライターが死体の太股《ふともも》の所にこびり付いている——だが、これはおかしい。包丁を握っているから、こいつにはライターを点ける方法はない。これは嘘っぱちの自殺だ」

「また、死体の後頭部には鈍器で殴られた跡があります。ですから、私はあの緑川という青年を疑っています。柴田が自殺したように偽装した後、火を点けて外に出て、ドアに鍵をかけたんでしょう。

ただ、どうやって、その鍵を室内に持ち込んだのかが解らないのです。ドアを蹴破った隣の家の主人も、緑川が死体の側に近寄ることはなかったと証言していますので」

増加博士は鍾馗髭を生やした顎を、大きな手で撫で回した。

「ふん。そんなことなら、簡単に想像がつくわい。ほれ、家の横に大きな木があるじゃろう。太い枝が屋根の方に伸びている。緑川はあの木によじ登ったのさ。そして、破風《はふ》板の下にある空気取りの中に、格子の間から鍵を投げ込んだのだよ。ちょうど、室内では死体がある位置の真上にな。

で、奴が点けた火が床から壁、天井へと燃え移り、天井板の一部を焼き落とした時に、鍵も下に落ちたというわけさ。解ったかね」

ゴカイと五階

「ふん、羽鳥警部。その被害者が握っているものは何じゃね。わしには、毛の生えたミミズにしか見えんが」

盛大に顔をしかめて、不機嫌な声で質問したのは、犯罪捜査の巨匠、増加博士だった。彼は相撲取りのように太っていて、その巨体を二本の杖で支えていた。ちょっと動くだけでも、喉がゼイゼイ音を立てるのだった。

床に倒れている中年男性が、被害者だった。後頭部を鈍器で殴られ、血が滲んでいた。その右手を羽鳥警部が開いてみせると、そこに、二匹のクネクネした、不気味な生き物が握られていたのである。

「いいえ、博士。これはゴカイですね」

「ゴカイ？」

「釣りで、魚の餌《えさ》にする奴ですよ。ほら、そこに落ちているクーラー・ボックスのようなものが釣り用の道具入れで、ゴカイはその中の餌箱に入っていました。丸いプラスチックのケースがそれです。

被害者は絶命する寸前に床を二メートルほど這い、道具入れに手を伸ばしました。そして、中にある餌箱を取り出し、その蓋もひらいて、ゴカイを握りしめたのですな」

「何でそんなことを？」

「それを、私の方が増加博士にお訊きしているわけです。つまり、ダイイング・メッセージではないかと思ったんですよ」

「鉛筆など、近くに筆記用具はなかったのか」

「ないですね。御覧のとおりです。電話も、台所の方に置いてあります。それで仕方なく、犯人の名を言い残すために、ゴカイなんてものを使ったんでしょうね」

と、羽鳥警部は周囲を見回した。

博士は、死体の側に転がっている道具入れを覗き込みながら、

「そんな変なメッセージを残すから、わしらが頭を悩ませることになるわけだな――

で、この御仁は、釣り人というわけか」

と、念を押して確認した。

「ええ、そうです。我々が今いるこの十階建てのビルは、釣り人用のリゾート・マンションです。外の海岸に見事な岩場があって、絶好の釣りポイントとなっているんですよ。どの住居も、ダイニングキッチンと六畳間の二部屋になっています」

「なるほどな。それで、ここに来てからやけに魚臭かったわけか」

と、三重顎をたるませて増加博士は頷き、大きな窓の方へ目をやった。ここは一階だったが、ベランダの手すりの向こうに、青い海原が見えていた。

羽鳥警部は引き続き説明した。

「犯人と被害者は、激しく揉み合ったようです。被害者の腹部や手足にも、青あざがいくつかありましたから」

テーブルは所定の位置からずれていて、椅子の一つは倒れていた。コップや灰皿などが床に落ちていた。

「被害者の身元について教えてくれんか」

増加博士が頼むと、羽鳥警部はメモ帳を見ながら言った。

「彼の名前は鈴木《すずき》ウミオです。これは本名で、父親も大の釣り好きだったそうです。

釣り仲間からは、〈海釣り仙人〉と呼ばれているほどの腕前でしたが、彼は性格が非常に悪いことでも有名でした。他人がAと言えばB、Bと言えばAと言うような、偏屈でひどいへそ曲がりだったみたいです」

「ほう」

「他にも、やたらに釣りの成果を自慢したり、逆に他人を馬鹿にしたり、絶好の釣り場を自分だけで独占したり、釣り船を勝手に出してしまったり、そういう我儘《わがまま》が日常茶飯事だったそうです。そのため、鈴木は皆から嫌われていました」

「嫌われていたから、殺されたと？」

増加博士は鍾馗鬚を生やした顎を、撫でながら尋ねた。

「ええ。誰かと諍いがあって、それが高じて殺人に至ったのかもしれません。凶器として使われたのは、大きなガラス製のトロフィーです。一ヵ月前に行なわれた釣り大会のものです。向こうに転がっているのがそれです」

と、羽鳥警部は振り返り、ソファーの横を指さした。トロフィーは、イルカを象《かたど》った紫色のガラスが台座に付いたものだったが、ガラス部分の根本が折れていた。

頷いた増加博士は、渋い声で尋ねた。

「死亡時刻は？」

「検死医の見立てでは、三時間前——午後三時ですね。その一時間後に、釣り雑誌の編集者がやってきて、玄関のドアがあいているのに気づきました。中に入ると、鈴木が倒れていて、絶命していたわけです」

「その男が犯人では？」

「佐藤洋《さとうひろし》という若手の編集者ですが、鈴木が釣りをする場面を写真に撮るため、東京からこの千葉の館山《たてやま》まで来ました。彼が、犯行時刻に電車に乗っていたことは確認ずみです」

「では、容疑者は？」

「このビルの中に、六人の釣り人がいました。皆、鈴木や佐藤と同じ船に乗って、夕方の釣りに出かける予定でした。狙っていたのは、シーバスという魚らしいです。森山大雅《もりやまたいが》、時任仙太郎《ときとうせんたろう》、島貫肇《しまぬきはじめ》、木下幸美《きのしたゆきみ》、加賀健太郎《かがけんたろう》、月島実《つきしまみのる》——この六人です。エントランスに防犯カメラがあるのですが、午後になってから出入りしたのは、佐藤しかいません。よって、彼らが容疑者となります」

「年齢と職業は？」

「森山が大工で四十九歳、時任が商社勤めのサラリーマンで五十二歳、島貫が銀行員で四十五歳、木下はホステスで二十八歳、加賀が食料品店勤務で三十六歳、月島が運送業で四十一歳ですね」

「すると、名前を含め、〈ゴカイ〉という単語に関係する者はいないわけだな？」

「そうです」

「彼らの中で、このマンションの五階に部屋を持っているのは誰じゃ？」

「ははあ、ゴカイ——五階——というわけですね。それは、島貫肇です。森山と時任は二階に、木下幸美は七階に、加賀健太郎は九階に、月島実は十階に部屋がありま す」

「島貫にアリバイは？」

増加博士は思案顔で尋ね、羽鳥警部は即座に首を振った。

「ありません。自室で釣り竿《ざお》やルアーの手入れをしていたといいます。それは、他の者も同じです。ただし、一人だけ、アリバイを主張している者がいます」

「誰だ？」

「月島実です。パソコンで、インターネットの出会い系サイトに繋ぎ、東京の女性とチャットをしていました。ログを調べてプロバイダーに問い合わせ、時間などは確認ずみです」

「チャットをしていたのが、月島本人だとは限らんじゃろう？」

「それはそうですが、彼の部屋のパソコンが使われていたのは間違いありません」

「そうなると、この事件を解決するのは難しいかもしれんな」

と、増加博士は目を細めて言った。

「といいますと？」

「今、思いついたのだが、被害者はゴカイを二匹握りしめていたな。ということは、ゴカイとゴカイで――要するに、五階たす五階で、十階と考えたらどうじゃろうな」

「おお、それはありますな」と、羽鳥警部は手を打った。「ただ、それが正しい答えだとすると、月島にはアリバイがあるのだから、それを崩さねばなりませんよ」

「アリバイ崩しは、わしの専門ではないんだ」

と、増加博士は三重顎を撫でながら、苦い声で言った。

「そう言わず、考えてみてください」

増加博士は、眉間にしわを寄せながら、ドシン、ドシンと部屋の中を歩き始めた。死体のまわりを一周したあと、ベランダの窓をあけて外へ顔を突き出し、それから、隣のキッチンの方へも行ってみた。増加博士が歩く度に地響きがして、激しい震動が、床から羽鳥警部の体に伝わった。

「偏屈で……、へそ曲がり……」

そのうちに、ふと立ち止まった増加博士は、天を仰ぎ、額を大きな手でペチャペチャと叩き始めた。

「おお、アテネの司政官よ！　おお、バッカスよ！　わしは何て馬鹿だったんじゃ！」

と、増加博士は大声で嘆いた。

「どうしたんですか」

びっくりして、羽鳥警部は、巨匠の顔を覗き込んだ。

「いや、心配せんでいい。自分の愚かさかげんを悟り、反省していたわけじゃよ」

「はあ？」

増加博士はふたたび死体の方へ向き直り、

「羽鳥警部。ここは、偏屈な被害者の身になって考えてみよう。加害者と彼とがここで喧嘩になる。被害者は殴られ、床に倒れる。たぶん加害者は、彼が死んだと思って部屋を出て行ったのだろう。しかし、彼はまだ虫の息だが生きておったわけだ。

そして、被害者は、犯人の名を言い残さずには死ねないと思った。ところが、筆記具その他の適当な手段が側になかった。その上、彼は根っからのへそ曲がりだ。だから彼は、加害者ではない者が誰かを、ゴカイ二匹を使って言い残すことにしたのだ」

「加害者ではない者を——ですか」

羽鳥警部は訳が解らず、目を丸くした。

「そうだ。ゴカイ二匹によって、十階に住む月島実だけは犯人でない——そう言い残したわけなのじゃな」

「では、他の、森山、時任、島貫、木下、加賀らが全員、犯人だと？」

「そういうことじゃ」と、増加博士は断言した。「皆で、威張り散らしてばかりいる、傲慢な鈴木をとっちめてやろうと思ったんじゃろうな。そのあげく、激昂《げっこう》して殴り殺すようなことになったに違いない。被害者の体に複数のあざがあったのも、多人数による暴行を明らかに示しているじゃないか」

パソコンの中の暗号

ズシン、ズシンという、地響きに似た音が聞こえてきた。増加博士の足音だと解ったので、羽鳥警部はあわてて廊下に顔を出した。

「増加博士、こちらです。死体はこのフロアの奥にあります！」

二人の若い警官に案内され、増加博士は二本の杖を突きながら、ゆっくりと歩いてきた。

「羽鳥警部。わしは前に、おぬしに言わなんだかな。わしのような体重の老人は、地上より高い所が苦手なんじゃと」

と、巨匠は気難しい顔で文句を言った。

増加博士は相撲取りのような巨体で、顎も贅肉で二重、三重に弛んでいる。体重は、軽く百二十キログラムを超えていた。

「すみません、博士。しかし、どの死体も、死ぬ場所を選んではくれませんので」

「オホン。まあ、わしも前々からそのことには薄々気づいていたよ。ところで、ここは何階じゃったかな？」

「三十三階建てビルの二十一階です。高速エレベーターがあるので、それほど不自由はされなかったはずですが」

「確かに、自分の足を使ってここまで昇ってきたわけじゃない。だがな、わしの体重で、エレベーターが悲鳴を上げておったぞ」

「まあ、とにかく、死体を見てください」

羽鳥警部は犯罪学の巨匠に頼み、手振りで若い警官たちに下がって良いと許可を与えた。

増加博士は短い首を伸ばし、奥の方を見回しながら尋ねた。チリ一つない綺麗なオフィスだが、無機質で、整然としすぎていた。

「死体は、このフロアにあるというわけかね」

「そうです」と、羽鳥警部は頷き、たくさんのブースに仕切られた広いフロアを振り返った。「お気づきだと思いますが、このビル全体にＩＴ企業が入っています。一番大きな会社は、一階から七階まで占めているゲーム会社です。このフロアを借りているのは、企業向けのウェブサイト、つまりホームページや、モバイル向けのサイトを作っている制作会社です。被害者はそこの社員でした」

「モバイルというのは、携帯電話などのことかね」

「そうです」

「まったく、わしのようなロートルには、暮らしにくい世の中になったものじゃわい。あとからあとから新製品は出てくるし、用語はすべてカタカナばかり。とうてい日本に住んでいるような気がせんのじゃよ」

と、増加博士はふっくらした頬を膨らませて、また文句を言った。

「私だって、世の中の進歩に付いていくのに苦労しています」

と、羽鳥警部は言って、肩をすくめた。

「で、名前は？」

と、増加博士が尋ねたので、中年の刑事は居住まいを正しながら、

「名前ですか。会社の名前でしたら〈ウェブサイト・フロンティア〉で、被害者の名前でしたら上島浩平《うえしまこうへい》です」

と、どちらでもいいように答えた。

「容疑者は？」

「犯行があった時間に、会社内に、四人の人間がいました。その者たちが容疑者です」

増加博士のつぶらな目が、リボン付きの鼻眼鏡の奥でキラリと光った。

「外部からの侵入者は考えられんのかね」

「はい。それはないでしょう。というのも、こういうセキュリティのしっかりしたビルですので、人の出入りに関しては、厳重に監視しています。防犯カメラが、一階のすべての出入り口や非常口に設置してあります。また、受付の前を通るのには、入館許可証を兼ねたパス・カードが必要となります」

「わしが入ってくるのにも、受付でうるさいことを言われたぞ」

羽鳥警部はチラリと腕時計に目を走らせた。午前二時を回ったところだ。

「夜中ですから、かえって、防犯や警備が厳重になっています。死体を見つけたのも、見回りの警備員でした。非常階段からエレベーター・ホールに入った時に、こちらの方で変な音がしたので、急いで来てみたら、被害者が撃ち殺されていました。凶器は二十二口径の拳銃でして、現場に落ちていました」

「ほお。拳銃が凶器とはな。ずいぶん珍しいじゃないか」

「心臓を一発で撃ち抜いていましたから、即死だったでしょう。拳銃に指紋は付いていなかったので、誰の物なのかはまだ解っていません。犯人は手袋をしていたようです」

「ここにいた四人——いや、被害者を入れて五人は、残業でもしていたのかね」

と、増加博士は思案気に確認した。

「そうです。社員は全部で三十二人いるのですが、残業していた五人は、この会社でも腕利きのプログラマーでした」

「そうか。では、死体の所に案内してもらおうか」

増加博士が頷くと、羽鳥警部は先に立って、高い衝立《ついたて》で仕切られたブースの奥へと、歩きだした。狭い通路で碁盤の目のように区画されていて、同じ広さのブースが並んでいる。殺害現場は西の角だった。

ブースの広さは七畳ほど。片側に本棚、片側にファイルのキャビネットがあり、奥にパソコンが載ったデスクとチェアがあった。デスクは入口の方を向いていたので、パソコンのディスプレイは見えなかった。

その向こうに、被害者の死体があった。黒い背広を着た若い男性で、ヘッドレスト付きの高級オフィス・チェアに座ったまま、背凭《せもた》れに深く体を預けて絶命している。

顔は鉛色に変色し始めていて、頭が横にガクリと傾いていた。両手もダラリと脇に垂れている。胸に穴があいて、背広やワイシャツが大量の血で濡れて、赤く染まっている。凶器の拳銃は、デスクの手前に落ちていたらしく、鑑識用の番号札が置いてあった。

「死後二時間というところです」

羽鳥警部が、また時計を確認して言った。

「容疑者たちからは、もう話を聞いたのかね」

「ええ。それが、どの容疑者もイヤホンを使って、iPodで音楽を聞いていました。それで、銃声には気づかなかったと言うんですよ。まったく呆れた話です」

「iPodというのは、ウォークマンのような奴かね」

「まあ、そうです」

「容疑者の名前は？」

「高田《たかだ》信司《しんじ》、橋田《はしだ》倫子《のりこ》、矢野《やの》賢《けん》、中島《なかじま》藍子《あいこ》の四人です」

「その者たちに、動機はあるのかね」

「あります。高田と矢野は、被害者に大金を預けて、株をやらせていたんです。ところが、最近の株価大暴落で大損をしてしまいました。高田と矢野は、上島に金を返せと詰め寄っていて、返さなければ殺してやると怒鳴っていたそうです。

　橋田は被害者の前の彼女で、中島は今の彼女です。恋愛問題がこじれ、三人が何度も大喧嘩をしているのを、皆が目撃しています。ここ数日、上島とその四人とは、一触即発の険悪な関係にありました」

「なるほどな」

　と、頷いた増加博士は、油断のない目で、じっくりとブースの中を見回した。それから、羽鳥警部の方を振り向き、

「この液晶ディスプレイとやらに表示されているものを、わしに説明してくれんか」

と、頼んだ。

　羽鳥警部は巨匠の巨体の脇をすり抜け、デスクの横に立つと、ディスプレイを回転させて、それを自分や増加博士の方に向けた。

「……そうですね。起動しているソフトは、ウェブサイトを作るためのソフトと、ブラウザですね。ブラウザは、インターネット・エクスプローラーです。これを見ている時に、彼は犯人に撃ち殺されたのでしょう」

「何を見ていたんじゃ？」

　羽鳥警部は、マウスを操作しながら答えた。

「このブラウザはタブ形式でして、四つの画面が開いたままになっています。たぶん被害者は、検索をしながら、サイト作りに必要な素材写真を探していたんでしょう」

「具体的には何をじゃ？」

増加博士は苛立ったように尋ねた。

「ロープウェー、アイロン、ホッケー、オウムですね。この順番に検索して表示しています。つまり、今、一番上になっている画像はオウムの写真です」

増加博士は目を瞑り、しばらく考えていた。それから、ニヤリと笑い、ゆっくりと目を開いた。

「犯人が解ったぞ」

「本当ですか」

と、羽鳥警部は驚いて尋ねた。

「ああ、間違いない。これは、賢明なる被害者が残したダイイング・メッセージじゃよ」

「どういうことですか」

「たぶん、犯人がブースに入ってきて、拳銃を突き付けながら被害者をなじったのさ。それで、殺されそうだと思った被害者は、相手をなだめながらも、急いで、この四つの画像を検索し、表示させたわけじゃ。犯人の名を言い残すためにな」

「それで、誰が犯人なんですか」

羽鳥警部は熱心に尋ねた。

「中島藍子さ」

「どうして、そう解るんですか」

「四人の名前をローマ字で書いてみたまえ。SHINJI、NORIKO、KEN、AIKO――だから、四文字は藍子しかいない。

それから、写真の一枚一枚が、アルファベットを表わしているんじゃよ。ロープウエーは〈エー〉で〈A〉、アイロンは〈アイ〉で〈I〉、ホッケーは〈ケー〉で〈K〉、〈オウム〉は〈オウ〉で〈O〉さ。解ったかね、羽鳥警部?」

猟奇的殺人

ズシン、ズシン、という地響きにも似た足音が聞こえたので、大型貨物コンテナの前にいた羽鳥警部は後ろを振り返った。もちろんそれは、象のように大きな体の持ち主、増加博士であった。

「ああ、博士。どうも御足労ありがとうございます。近くのホテルにお泊まりだと聞いたので、こんなに朝早くて申し訳なかったのですが、ここへ来ていただきました」

「ふむ。何でも死体が見つかったそうじゃな。それも、猟奇的な殺人だとか」

二本の杖を使って歩いてきた増加博士は、喉の贅肉を震わせながら尋ねた。意外に機嫌が良いので、羽鳥警部はほっとした。

「そうなんです。この貨物コンテナの中で、若い女が四人と、中年の男が一人、斬殺されていました。とてもむごい殺し方なんですよ」

答えた羽鳥警部は横にどき、ドアの前を増加博士のためにあけた。

増加博士は中を見る前に、黒いシャベル帽のふちを手で押さえながら、ぐるりを見回した。ここは東京湾にある貨物用の港で、巨大だが古い貨物船の横に、数え切れないほどの鉄製のコンテナがずらり並んでいる。それも、三段に積み上げてあった。

「いったい、どういうことなんじゃね？」

「被害者は、東南アジアからの密入国者です。若い女をコンテナの中に隠して上陸させ、あちこちの水商売や風俗で働かせている一味がいるらしいのです」

「ヤクザ絡みなのかな」

「中国マフィアと、東南アジアの現地にいる斡旋《あっせん》業者がぐるになって、若い女を騙《だま》しては、日本へ連れてきて無理矢理働かせています。中で死んでいるのは、そういう可哀想《かわいそう》な娘たちでしょう。男の方は斡旋業者だと思います」

「誰が、彼女らを殺したと考える？」

増加博士は黒いリボンを付けた眼鏡の奥で、つぶらな目を細めた。

「中国マフィアでしょう。何か商売上のことで、揉めたのだと思います」

「娘たちを殺した理由は？」

「見せしめか何かではないでしょうか。とにかく、犯人を捕まえて、動機を吐かせてやりますよ」

「そうか」と頷いて、増加博士は言った。「では、ちょっと中を見させてもらおうか」

巨匠は片方の杖をコンテナに立てかけ、開いたドアの中に、丸々と太った首を突っ込んだ。そして、その途端に、喉の奥で苦しげに呻いたのだった。

「ううっ。何てことじゃ！」

顔を引っ込めた増加博士は、目を瞠《みは》って、羽鳥警部の顔をまじまじと見た。

「ええ、ひどい有様でしょう。こんな無残な死体は滅多《めった》にありません。全員が、ナイフで首を真一文字に切られています。それから、女たちは、腹をナイフで引き裂かれて、しかも、内臓を外に引き出されています。恐ろしいことに、皆、子宮を奪われているんですよ」

「直接的な死因は？」

「喉の切り傷で充分です。失血死ですね。それで、中は血の海なんです。ですが、殺される前に薬物で眠らされていたようです。コンテナ内にあったペットボトルの水に、どうも睡眠薬が入っていたようです」

「凶器は？」

「鋭利なサバイバル・ナイフが、コンテナ内に落ちていました。その出所は、早急に部下に調べさせます」

と、羽鳥警部は厳しい顔で請け合った。

増加博士はもう一度、コンテナの中へ視線を向けた。

鉄の檻《おり》とも言うべき箱の床に、五人の人間が倒れている。男は一番奥の壁の前に俯している。女たちは、床に敷かれた毛布の上に、折り重なるようにして倒れていた。その毛布は、死体から流れ出た大量の血でドス黒く染まっていて、その上、まだ乾ききっていなかった。

どの女たちも苦悶《くもん》の表情を浮かべていた。綺麗に化粧をして、仕立ての良いブランド物の洋服や形の良い靴を履いている。最近流行のバッグもいくつか側に落ちている。だが、一番目を引くのは、彼女らの腹部が縦に切り裂かれていて、そこから、胃だの腸だのと、内臓が外に引っ張り出されていたことだ。

「事件はいつ起きたのじゃ？」

向き直った増加博士は、苦しげな声で、羽鳥警部に尋ねた。

「昨夜遅くですね。気温が低めだったので、腐敗は免れています。これが夏場の事件だったら、匂いが大変だったでしょう」

と、羽鳥警部は顔をしかめながら答えた。

「死体を発見したのは誰かね」

「港の警備員です。二時間ほど前、午前六時頃に犬を連れて見回りをしていました。犬たちがコンテナに向かって激しく吼《ほ》えたので、警備員は中を覗いたのです。そうしたら、このような無残な有様だったのです」

「女たちの死体からは、子宮が奪われていたと言ったかな？」

「ええ、言いました。まるで、ロンドンに出現した切り裂きジャックのようですな」

「子宮はどこにある？」

「ここにはありませんでした。犯人が持ち去ったようです」

するど、増加博士は不満気に、

「おい、羽鳥警部。おぬしはさっき、これは中国マフィアの仕業だと言ったな。奴らはいつも、こんな真似をするのかね」

「いいえ。女を殺したのは初めてです」

「そうじゃろうな。女は商品だ。簡単に傷つけるとは思えん。ということは、中国マフィアの仕業という線は間違いじゃろうな」

「まあ、そうですな。実は私も、ちょっと変だと思っていたんですよ」

「では、別の仮説を立ててみたまえ」

と、増加博士は断固とした声で指示した。

羽鳥警部は、首を傾げて思案した。

「……ならば、犯人は、サディスティックな異常性愛者か何かなんでしょう。女の子宮に妙な愛着を持っていて、それを奪うために、彼女らを斬殺したんでしょうね。で、アイスボックスのような物を用意してきて、それに切り取った子宮を入れ、持ち去ったんですよ。まさか、ここで犯人が子宮を食べてしまったとも思えませんからね」

「何故じゃ？」

「確証はありませんが、子宮なんて、それほどおいしい内臓ではないでしょう？　犯人が食人癖を持つ異常者だとすれば、なおさら、子宮に固執する訳が解りません」

「ハンドバッグの中は調べたかね」

と、横目で死体の方を見ると、増加博士は尋ねた。

頷いた羽鳥警部は、

「ええ。しかし、ちょっとした化粧品のようなものと財布などが入っているきりです。女たちの身元の解るようなものはありませんでした。元からなかったのか、犯人が奪っていったのかは解りませんが」

「財布があったということは、金も入っていたのかね」

「ええ。一人一人、けっこうな大金を持っていましたよ。三十万円ずつ入っていました。男の財布にも、五十万円がありました。つまり、物取りの線はないということです」

「うむ。そのことは、最初にこの現場を見た時から、わしには解っておったぞ。女たちは、指輪や首飾りやピアスをしたままだ。強盗目的の殺人ならば、犯人は、そうした物をすべて奪って行ったじゃろう」

「それはそうですな」

と、同意して、羽鳥警部は深く頷いた。

増加博士は、鍾馗様のような顎鬚を撫でながら考えた。

「何かが腑に落ちん。矛盾がある。わしのポンコツ頭の中で、鳩時計が十二時を告げて時報を鳴らしておる……」

と、犯罪捜査の巨匠はブツブツと呟いた。

「何がですか」

羽鳥警部は当惑し、目を瞑って考え込んだ増加博士の顔を見つめた。

「そうか、解ったぞ！　バッカスよ！」

と、突然、巨匠は大声で叫んだ。

「犯人が解ったのですか、博士？」

「いやいや。何が起きたのか、想像がついたと言った方が正しかろう。推理の前提が間違っておるのだ。この女たちの格好をみたまえ。密入国してきたところではなく、本当は出国する寸前だったのだ。犯人は、ある目的からそれを阻止するため、彼女らを斬殺したのじゃよ」

「ある目的？」

「たぶん、この女たちは、全員か一人か解らないが、妊娠していた可能性がある。子宮を摘出したのは、子供が生まれるのを妨害することと、妊娠を隠すためだ。嘘だと思ったら、死体を解剖に回し、妊娠検査をしてみたまえ」

「でも、何故です？」

「女たちはたぶん、代理母に選ばれたのだろうな。日本で誰かの子供を身ごもらせた上で、国に帰す。そして、向こうで子供が生まれたら、父親がそれを引き取る。そういう算段だったのさ。密入国してきたばかりの貧しい女たちは、こんなに身綺麗な格好をしているはずがないし、金品も持っているわけがない。代理母になることで報酬をもらったから、ちょっとリッチになったのじゃよ」

「すると、犯人は？」

「女たちを雇ったのは、不妊のせいなどで子供ができなかったが、跡継ぎがどうしても欲しいと考える、どこかの上流階級の金持ちだろう。そして、彼女らを殺したのは、その金持ちの親族で、跡継ぎの出現を望まない人物なのだろうな。たとえば、子供に恵まれない裕福な伯父夫婦と、放蕩ばかりしている悪い甥——などという関係が疑えるわけさ」

そう言って、増加博士は羽鳥警部に、捜査を進めるべき方向を示したのだった。

トランプ・マジック

「なんじゃと！　超能力者じゃと！」

広い店中に、増加博士の雷のような声が響き渡った。まわりにいた人たちは皆驚いて、いっせいにこちらの方を見た。

「そうなんです。あのケンジ君という少年は、間違いなく、超能力者ですよ」

と、羽鳥警部は自信たっぷりに答えた。

ここは、銀座にある有名なビアホール。夏真っ盛りの週末の夜、増加博士と羽鳥警部は、生ビールをガブガブ飲みながら、近頃見聞きした珍しい出来事について話していた。

増加博士は、静岡県にある有名動物園で、鍵のかかった檻から、巨大なゴリラが逃いなかった。
しか
げ出した事件を披露した。職員はゴリラを麻酔銃で撃って捕まえ、檻に戻した。しかし、ゴリラがどうやって頑丈な檻から抜け出したのか、その逃亡方法は未だに解っていなかった。

不可能犯罪について熟知している増加博士ですら、これは謎のままであった。

「ちょうど、わしはそこに居合わせたんじゃ。だが、さすがのわしも、ゴリラの使ったトリックまでは見抜くことができなんだわい」


羽鳥警部の方は、高校生である自分の息子の友人の話をした。吉沼《よしぬま》ケンジという少年が、超能力を使えるというので、学校でも評判になっていたのである。

「おぬしも、その少年が超能力を使うところを見たのかね」

「ええ。高校の文化祭で、彼は不思議な力を見せてくれました。あれは手品などではありません。間違いなく、超能力ですよ」

「どんなことを、彼はできるのだね？」

「透視能力とか予知能力ですかね。トランプの模様や数字を裏側から当てたり、誰かがこれから手にするカードの種類を、事前に当てたりします」

「どうして、その少年が手品ではなく、超能力を使っていると解るんじゃ？」

と、増加博士は懐疑的な顔をして尋ねた。

「実際に見れば解ります。というのも、彼は失敗をすることがあるんです」

「失敗？」

「ええ。うまく、カードを当てられないことが時々あるんですね。手品だったらタネがあるわけですから、毎回、成功しますよね」

羽鳥警部の返事を聞くと、増加博士は不満気に喉の奥で唸り、

「まあ、いいわい。だったら、実際におぬしが見たことを話してもらおうか」

と、中年の刑事に要求した。

解りましたと頷いた羽鳥警部は、

「たとえば、こんな具合でした。彼は、まだ封を切っていないトランプを上着のポケットとか、机の下から取り出します。確か、バイスクルという、一般的なカジノ向けのトランプですな」

「一般的なものであればあるほど、細工はしやすいのじゃが、まあ、いいじゃろう。先を続けてくれ」

と、促して、増加博士はビールを呷《あお》った。

「ケンジ君は、カードを数回切りました」

「どうやって？」

「我々が、通常するように縦に持って切ったんです。左手でカードを持ち、右手でカードの真ん中あたりを束にして抜き、残ったものの上に重ねるわけですな」

「それは、ヒンズー・シャッフルというやつじゃよ。それから、数字やマークが印刷してある方が表じゃ」

と、増加博士は教えた。

「次に、ケンジ君は、数字や模様がある面を伏せてカードを扇形に広げ、私に一枚、取らせました。私はその種類を覚えて、彼の手にあるカードの一番上に置きました。彼はカードを数回切ると、私にそれを渡しました。私にも、カードを切れと命じたんです。

で、言われたとおりにして、カードを彼に戻しました。彼は、表を見えるようにしてカードを持ち、端の方から順番に見ていきました。途中に、私が引いて覚えたスペードの4がありましたが、行き過ぎてしまいました。結局、その時は、彼は、私の引いたカードを当てられなかったんです」

「で、どうしたんじゃ？」

「最初から、同じことをしました。次もまた、順繰りに見ていく途中で私のカードを発見できず、彼は『おかしいなあ』と首をひねると、カードを二つの山に分けて、机の上に置きました」

「表を上にしてかね？」

「そうです。そして私に、『どちらか好きな方を指さしてくれ』と言うので、私は右を選びました。彼は、左の束を机の端にどかしました。同じことを何度か繰り返して、最後は、カードが二枚になり、とうとう、私が覚えたカード、クローバーの９だけが残ったわけです。私は、びっくりしましたよ」

「なるほどな」

と、頷いた増加博士は、何故か、前と違って嬉しそうな顔をしていた。ビールを飲み干しながら、興味を持って尋ねた。

「他には、どんなことをしたのかね？」

「次がすごいんですよ。彼はまた新しいカードを取り出し、封をあけて、入念にシャッフルしました。それから、私の目を見つめて、私の心を読んだんです」

「心を？」

「ええ。彼はメモ用紙を取り出し、何かを書き付けました。メモを二つに折って封筒に入れて、それを私に渡し、上着の内ポケットに隠してくれと頼んだのです」

「ははは。予言をするつもりだな。これからおぬしが引くカードの種類と数字を、事前に書きとめておいたわけじゃろうが?」

「そうなんです。それで、彼がよく切ったカードの中から、私は一枚を引きました。それはハートの6でした。私は覚えたカードを、山の中に戻しました。ケンジ君はまた入念にカードをシャッフルしてから、カードの入っていた箱の中に戻しました。さらに、その箱を、自分の上着のポケットに仕舞いました」

「で?」

「私に、『さっきの封筒を出してくれ』と言いました。私はそうしました。中を見ると、さっきのメモの他に、何と、ハートの6のカードが入っているではありませんか。

その間に、ケンジ君は、上着のポケットからカードの箱を取り出し、中のカードを机の上に広げました。当然のことながら、そこには、ハートの6はありませんでした。

『メモを読んでみてください』と言うので、そうしますと、『あなたは、ハートの6を選びます』と、書いてありました。私はそれを見て、仰天しましたよ」

と、羽鳥警部は、心底、感心したように言ったのだった。実際、かなり驚いたのだろう。

増加博士は、大ジョッキのお代わりをウエイターに注文し、それから、

「確かに、その高校生は、手品師としては腕が良いようだわい。しかし、それくらいのことで超能力と認めるのは難しいな」

と、馬鹿にするように言ったのだった。

「では、私が見たのは、トリックだったのですか、博士？」

「そのとおりじゃよ。なかなか、鮮やかな手並みじゃな」

「でしたら、どんな方法で、彼はカードを当てたんですか」

「最初の手品は幼稚園レベルじゃぞ。まず、カードを切る。そして、両手で持ったカードを机にコンコンと当てて揃える。この時に、一番下の絵柄を見て覚えるのさ。君が引いたカードを束の一番上に置かせる。そして、カードを切るのだが、この時、一番下にあったカードを君の引いたカードの上に置く。そして、この二枚が離れないようにうまく、切り続ける。雑に数回切ったぐらいなら、この二枚はくっついたままだ。あとは、カードの表を見ていく時に、自分が覚えたカードを目印にすればいい、その隣りにあるカードが、君が引いたカードなのだからな。

もしも、この二枚が別々に離れてしまい、うまく当てられない時には、単に失敗したことにすればいい。やり直すだけのことさ」

「でも、山を半分ずつ残していったら、最後に、私の引いたカードだけが残りましたよ」

「彼は、君に『どっちの山がいいか』と訊いただけじゃ。『どっちを残すか』とは尋ねていない。君がどっちの山を指さしても、目的のカードがある方を残していくわけさ」

それを聞いて、羽鳥警部はようやく、自分が騙されていたことに気づいた。

「ううむ、そうでしたか。してやられました」

「もう一つのカード当ての方は、もっと単純なトリックが使われておるぞ。封筒の中には、最初から、君が引くことになるのと同じカードが一枚入っていたのさ。だから、『ハート6を引く』とメモに書いて、それも一緒に封筒に入れただけなんじゃよ」

「けれど、どうして、私がハートの6を引くと、ケンジ君には解ったんですか」

「二番目の手品をする時に、彼は新しいカードの箱を取り出したな。それは、実は、中の五十二枚全部がハートの6だった。そのようなカードを事前に作っておくのさ。新しいカードが五十二箱あれば、手間はかかるが、細工したものを用意できるのだな。

彼は、カードの箱を上着に一度仕舞ったじゃろう。それは、ハートの6だけが抜けている、別のカードの箱とすり替えるためさ。最後に君に見せたカードは、このすり替えられた箱の方のものだったのだよ」

「まいった。そうだったんですか」

悔しそうな顔をする羽鳥警部を見て、増加博士はニヤリと笑った。

「実に頭の良い少年じゃないか。不完全な手際で演じてみせて、あれはマジックではないと、君に思い込ませた。逆に言えば、そういう印象を与えるように、わざと君を誘導したのだ。見事な心理的トリックを用いてな」

物質転送機

「なんじゃと！　物質転送機じゃと！」

銀座にある有名なビアホールの広い店中に、増加博士の雷のような声が響き渡った。周囲の人たちは、皆びっくりしてこちらを見た。

「うん、そうなんだよ。増加博士。人間をテレポーテーションさせる装置なんだ。それを、佐義田《さぎた》博士が発明したんだ。それで私は、先日、その実験を見に行ってきたんだ」

そう答えたのは、増加博士の旧友、平山太郎《ひらやまたろう》だった。平山は土地持ちの家庭に生まれ、今は山梨県で十五店のスーパーマーケットを経営する金満家であった。

「その実験は成功したのかね」

増加博士はビールを呷り、それから尋ねた。

「成功したよ。私の目の前で、その機械から機械へ、人間が見事に飛ばされたんだ」

と、平山は力強く言った。

「ふうむ。それで、何が問題なんじゃね？」

「実は、佐義田博士が、私に出資してくれと言うんだよ」

「出資？」

「そう。物質転送機を製造販売する会社を作るから、金を出してくれと頼まれたんだ。つまり、一緒に会社を経営するわけだね」

「何か心配があるのかな？」

「知人の投資会社社長が、佐義田博士は信用ができないと忠告してきたんだ。というのも、これまでに何人もの実業家が、彼の発明品に多額の金を出したが、実用にならなかったらしいのだ。調べてみたらそれは事実で、佐義田博士に騙されたということで、賠償を求めて裁判を起こした者もいるくらいなんだよ。

それで、君からもアドヴァイスをもらいたいと思って、こうして山梨から出てきたのさ」

と、平山は頭を下げながら、増加博士に説明した。

「ならば、物質転送機の実験に関して、君が目撃したことを詳しく話してくれ」

増加博士はそう促し、ウエイターに二人分のビールのお代わりを注文した。

平山も残りのビールを飲み干し、

「佐義田博士が物質転送機のテストを行なったのは、八ヶ岳の麓で、砂利の採掘がされている場所だった。広く平坦な場所があって、そこに、二台の物質転送機が離して置いてあった。

私らは、そこから十五メートルほど離れた場所にいた。工事監督用のプレハブの建物が立っていて、その監視所の一部屋にある窓から実験の模様を見ていたんだよ。物質転送機二台の後ろには、スチール製の箱形の変電機が設置されていた。佐義田博士が言うには、物質転送機を作動させるためには、かなりの電力を消費するということだった」

増加博士は興味を持って、

「物質転送機の形や大きさは？」

「本体部分は透明で、電話ボックスを二回りほど大きくしたような感じだった。縦も横も高さも二メートルくらいで、上には赤く塗られた鉄製の、四角錐《しかくすい》の屋根が乗っている。

本体部分の左右には、水銀灯のようなランプが上から下までズラリと並んでいて、屋根の左右には、長く突き出た角状のものがある。

土台部分も鉄製で、その中に物質を素粒子にまで分解し、一瞬にして、もう一台の物質転送機に飛ばす機械が入っている。受け手側の転送機で、もう一度、素粒子を元の物質の形に戻すわけだな」

「本体部分は、ガラス製なのかね？」

「そうだ。鉄製の枠組みに、ガラスがはまっていると思えばいい。正面には、ガラス製のドアが一つ付いている」

「屋根と、土台部分の高さは？」

「屋根の高さは、一メートルくらいだね。内側はがらんどうで、蛍光灯を細くしたような金属製のリングが三つ入っている。そこから、クォークとか何とかいう光線のシャワーが、室内に置かれた物に降り注ぐそうなんだ。

土台部分の高さは五十センチほどだ。その中も見せてもらったが、びっしりと、変わった機械が詰まっていたよ」

「何だか、昔のSF映画に出てくる、マッド・サイエンティストの発明品みたいじゃな」

と、増加博士は面白がるように言った。

「確かに、そんなふうな機械だ。作動すると、ランプが光り、屋根の角の間を、轟音《ごうおん》と共に、雷のような青白い閃光が迸《ほとばし》るんだ」

と、平山は真面目くさった顔で頷いた。

「実験の中身を具体的に話してくれ」

言ってから、新しく来たビールのジョッキを、増加博士は大きな手でつかんだ。

「実験は、背格好がほぼ同じ人間を使って行なわれた。全身、黒いタイツで身を包み、サングラスを掛けた男たちが六人、そのために用意されていたんだ。

佐義田博士と私は、監視所の中にいた。博士がマイクとスピーカーを使って、外にいる男たちに指示を出していた。

まず、博士の指示で、三人ずつが左右の物質転送機に入った。解りやすくするため、向かって左をA転送機、右をB転送機と呼ぼう。

佐義田博士が監視所内にある制御装置のスイッチを入れると、今も言ったとおり、物質転送機の屋根にある角と角の間に、目映《まばゆ》いほどの青白い閃光が走り、バチバチと物凄い音が響いた。と同時に、本体部の左右にあるランプが一斉に光り、転送機の中は真っ白なガスで満たされた。

数秒でランプが消え、閃光も収まった。ガスもすぐに薄くなり、中にいる男たちが見えてきた。博士が彼らに外に出るよう命令して、彼らはその指示にしたがった。

すると、驚いたことに、A転送機の男は二人に減っていて、B転送機の方の男は四人に増えていたんだよ！」

平山はその時のショックを思い出したか、興奮した声で叫んだ。

増加博士はスッと目を細め、

「すると、男たちの内の一人が、AからB転送機へほぼ瞬時に転送されたというのじゃな？」

と、念を押して尋ねた。

「そういうことだ。念のために言っておくが、私も転送機の中は調べてみた。だが、正面にある透明なドア以外には、出口はいっさいない。転送機が置かれた地盤は岩だらけのかたい場所だから、転送機から転送機まで抜け穴が掘られているなどということもない」

「実験はそれだけかね？」

「いいや、まだ続いたよ。佐義田博士は、彼らをまた転送機に入らせた。A転送機に四人、B転送機に二人だ。そして、機械をさっきと同じように作動させた。

雷のような閃光が収まり、ランプが消え、ガスが薄くなると、何と驚いたことに、今度はA転送機に五人の男がいて、B転送機には一人しかいなくなった。要するに、転送機は反対方向にも、人や物質を転送させることができるのだな。それが証明されたのだよ」

増加博士は気難しい顔で、質問した。

「平山君。君は、いつの時点で、転送機の中を確認したのかね？」

「始まる前と、今言った実験が終わった後だ。男たちが二度にわたって転送されると、佐義田博士が私に、『では、もう一度、転送機の中を調べてみたまえ。インチキでないことを確認してほしいのだ』と言った。それで、私と彼は監視所を出て、物質転送機の所まで行った。私は入念に転送機の中を改めたが、まったく怪しい点はなかった」

「その間、男たちは何をしていたかね？」

「転送機と監視所の間くらいの所に、かたまって立っていたよ」

「ふうむ。なるほどな」

と、増加博士は得心がいったように言い、ビールをグビグビと音を立てて飲んだ。

平山は待ちきれずに、急《せ》いた声で尋ねた。

「どうだね、増加博士。私は、この物質転送機に大金を投資してもいいだろうか」

すると、犯罪捜査の巨匠は躊躇することなく、太った顔を左右に振ったのだった。

「いいや、金を出すなどということは絶対にやめておくべきじゃ。そいつは間違いなく、インチキな機械じゃよ」

「インチキ？」

「うむ。実際に人間が転送されたわけじゃない。トリックが使われただけなのさ。まあ、初歩的な奇術じゃな」

「奇術？」

「そうじゃ。わしでも、コインを使って同じ現象を再現できるぞ。どういう手順だったか、説明しよう。まず、同じ服装と背格好をした男、というのも欺瞞《ぎまん》の一つじゃ。遠目では区別が付かないからな。

三人ずつに分かれ、彼らがAとBの転送機に入ると、スイッチが入る。すると、一時的にランプの光やガスで中が見えなくなる。実は、Bの転送機の屋根の裏側には、最初からもう一人、リングを摑んで潜んでいた者がいて、その瞬間に飛び下りるのだ。

そして、Aの方では、ガスが充満している間に、三人の内の一人が屋根の裏側に素早く隠れたのだ。

するとどうなるか。Aは人が一人減って、Bでは人が一人増えたように見えるじゃろ」

「本当だ！」

平山は驚いて叫んだ。

「次に、四人がAに入り、二人がBに入る。またスイッチが入り、転送機から出てきたのは、Aが五人で、Bが一人になっている。だが、どういう絡繰《からく》りかは、もう君も解るだろう。Aでは屋根の裏側に隠れていた男が出てきて、四人に合流する。Bでは、二人の内の一人が屋根の裏側に隠れるわけさ。

その上で、君たちが覗き窓から離れ、監視所から出てくる間に、余分な一人は、転送機の後ろに立っている変電機の中に隠れたのだよ。というわけで、佐義田博士の発明は、まったくのガラクタに違いないな」

そう言って、増加博士は満足そうに笑った。

〈M・I〉は誰だ？

ドスン、ドスンと地響きのような足音が聞こえ、巨象のように大きな増加博士が部屋に入ってきた。

羽鳥警部が声をかける前に、増加博士はまん丸い顔中に玉の汗をかきながら、

「何で、この部屋はこんなに暑いんじゃ？」

と、顔をしかめて文句を付けた。といっても、やたらに太っているこの名探偵は、いつも、ちょっと動くだけで汗だくであった。

「誰かが、死亡時刻を誤魔化そうとして、暖房を最強にしておいたんです。今、空調を切りました」

「それに、何か変わった匂いがするぞ」

と、増加博士は団子っ鼻をひくひくさせた。

「お香の匂いですよ。被害者の趣味で、いつもお香を焚《た》いていたらしいのです」

「なかなか高尚な趣味を持った御仁じゃな。被害者は、この部屋で刺殺されたと聞いたが？」

と、増加博士はまわりを見回しながら尋ねた。広い部屋だが、窓とドアのある壁を除いて他の二面は造り付けの本棚になっていた。ぎっしりと本が詰まっていて、研究室というより書斎という感じだった。そして、西側の本棚の前に大きな書き物机があり、その前に中年の男性が倒れていた。

「被害者は文学部教授で、『源氏物語』などの古典文学の研究をしている有名な人物でした。名前は若紫《わかむらさき》宗之助《そうのすけ》。五十五歳。死因は御覧のとおり、失血死です。背後から何者かが、彼の首元めがけてナイフを深く突き刺したのです」

増加博士は、俯せに倒れている男の側に寄った。ナイフはすぐ横に落ちていて、死体の右手も赤く染まっている。ワイシャツ姿の背中も、流れ出た血でビショビショだった。机の縁や横にも血が飛び散るか付着していた。

「被害者は自分でナイフを抜き、机につかまって立ち上がろうとしたのだな。それで、大量の血が噴き出し、かえって自分の死を早めてしまったのか」

「そのようです。そして、ほら、彼は、床にダイイング・メッセージを遺しました」

羽鳥警部は、被害者の右手の先を指さした。

死人は右手を頭の先へ伸ばし、自分の指先を血に浸して、それで文字を書いていた。

「わしには、アルファベットの〈M〉と〈I〉に見えるぞ。ただし、〈M〉の方は〈m〉という小文字に見えるがな。〈I〉の方は上に点がないので、大文字らしい感じだ」

と、増加博士は鼻眼鏡をかけ、ステッキに体重をかけて前屈みになり、じっとその血文字を見つめた。

「ええ。私も〈m・I〉と読みました。たぶん、犯人のイニシャルか何かでしょう。断末魔の中、急いで書いたので、〈M〉は〈m〉になったんです。手書きで雑に書けばそうなりますから」

「〈I〉の方は、数字の〈1〉かもしれん。となると、〈m・1〉か……」

「それでは、意味不明ですね」

「ああ」

「それともう一つ、不思議なことがあるんです、増加博士。ほら、見てください。被害者は、左手の人差し指を自分の鼻の穴に突っ込んでいます。これも、ダイイング・メッセージの一部なのでしょうか」

と、首を傾げながら、羽鳥警部は言った。

増加博士は腕組みして、怪訝な顔で頷いた。

「ううむ。確かに、こんな滑稽《こっけい》な格好をして絶命している死人は滅多におらんな。何か意図があって、左の鼻の穴に左手の人差し指を突っ込んだのじゃろう」

「何なんですかね？」

「さあな。まあ、別の角度から考えてみよう。羽鳥警部、容疑者のことを教えてくれ」

と、増加博士は質問の矛先を変えた。

「若紫教授は独身でして、女遊びが非常に派手でした。つい最近も、四人の女性と同時に付き合っていたので、彼女らと彼、それから、彼女ら同士で諍いが絶えなかったそうです」

「その中に、〈M・I〉というイニシャルの女はおるのかな？」

「それがいないのです。一人は彼の秘書の横笛雪江《よこぶえゆきえ》。イニシャルは〈Y・Y〉。次が助教の富田初音《とみたはつね》。イニシャルは〈H・T〉。三人目が大学事務員の〈松風恵子《まつかぜけいこ》〉。イニシャルは〈K・M〉。最後が大学四年生で、若紫教授のゼミにいた柏木知美《かしわぎともみ》。イニシャルは〈T・K〉ですね」

「〈M〉が付くのは、〈松風恵子〉だけか」

「はい。〈I〉は一人もいませんね」

と、残念そうに、羽鳥警部は首を振った。

「では、被害者が書いた文字は、犯人のイニシャルではなかったという可能性もある。それに、〈n・I〉と書こうとして、指が震えるかどうかして、〈n〉が〈m〉のようになったのかもしれん」

増加博士は、空で文字を書く真似をした。

「しかし、イニシャルが〈N・I〉の女性もいません」

「容疑者の女たちは、何と言っているんじゃ？」

「皆が口を揃えて、自分以外の三人の内の誰かが犯人だと主張しています。相当、仲が悪いですよ」

と、うんざりした顔で、羽鳥警部は答えた。

「アリバイは？」

と、増加博士は思い出したように尋ねた。

「誰にもありません。まだ解剖しないと死亡時刻ははっきりしませんが、今から三時間以内に殺されています。死体は一時間前に、見回りの警備員が見つけました。ドアがあいていたので、覗いてみたら、被害者がこのような格好で事切れていたわけです」

「防犯カメラに犯人の姿は写っていなかったのかね。この建物に出入りした人物の映像は残っていないのか」

「それが、システムの入れ替えで、二、三日前からセキュリティが停止していたというのですよ。そんな時に限ってこれです。困ったものです」

と、羽鳥警部は下唇を突きだして言った。

増加博士はもう一度室内を見回すと、

「若紫教授のゼミには、何人の学生がいたんじゃ？」

と、質問した。

「柏木知美を入れて五人です。厳選されたメンバーだそうです」

「厳選？」

「ええ、若紫教授がゼミに入れるのは女性だけで、しかも、何かを基準にして選別していたそうです。それでかえって、狭き門として教授のゼミは人気があったんです」

「どういう基準じゃ？」

「それがよく解りません。成績で選んでいたわけではないんです。成績上位の生徒たちがゼミに入れてくれと頼んでも、かたくなに断わっていましたから。また、外見の好みでもなかったんです。容貌も服装も体格も、みんな違うタイプの女性たちですので」

と答えて、羽鳥警部は首を振った。

「変じゃな」

「はい」

「ふうむ——すまんが、他の学生の名前を教えてくれ」

と、増加博士は何か気づいた顔で頼んだ。

羽鳥警部は、メモを見ながら読み上げた。

「東屋栄子《あずまやえいこ》、石園乙女《いしぞのおとめ》、蛍川優佳《ほたるがわゆうか》、高田葵《たかだあおい》です。イニシャルは順に、〈E・A〉〈O・I〉〈Y・H〉〈A・T〉ですね。やはり、〈N・I〉もしくは〈M・I〉という人物はいません。大文字の〈O〉もしくは小文字の〈o〉を、〈n〉や〈m〉に書き間違えるとは思えませんし……」

「いや、わしにはだいぶ解ってきたぞ」

と、増加博士は三重顎を撫でながら言った。

「何がです？」

羽鳥警部は期待感を押し殺しながら、名探偵の顔を見た。

「若紫教授を含め、それらの女性たちの名前には共通項がある。それが、犯人追及の決め手になりそうじゃ」

「どんな共通項ですか」

羽鳥警部の質問には答えず、増加博士はまた丸い鼻をひくひくさせた。

「お香はどこで焚いている？」

「ドアの横です。博士の後ろですよ」

博士が巨体をよじって振り返ると、小型のサイドテーブルがあって、そこに古い香炉が載っていた。今は煙は出ていない。

「すまんがな、この部屋のどこかに、香木があると思うんだ。それを見つけてくれんか」

「香木？」

探してみると、若紫教授の机の引き出しから、数本の香木が出てきた。小さな板切れのようなものだが、〈白檀《びゃくだん》〉〈伽羅《きゃら》〉〈沈香《じんこう》〉などと文字が焼き入れてある。

「やはりな。『源氏物語』を研究しているというから、当然、香道をたしなんでおると思った。とすれば、数種の香を聞く〈組香〉という香遊びもやっておると思ったのじゃよ。被害者が鼻に指を突っ込んでいたのは、このことを示していたんだ」

「それがどうしたんですか」

訳が解らず、羽鳥警部は尋ねた。

「いいかな。教授を含めて全員の名前に、『源氏物語』の五十四帖のどれかの題名が入っておるのじゃよ。〈若紫〉〈横笛〉〈初音〉〈松風〉〈柏木〉〈東屋〉〈乙女〉〈蛍〉〈葵〉といった具合にな」

「なるほど」

「源氏香遊びでは、使用される香は五種類あり、各五包ずつ用意する。すると、組み合わせは五十二種類あって、それぞれに独自の図案が当てられているのじゃよ」

そう説明して、増加博士は羽鳥警部のメモに、一つの図案を描いた。

「これは〈横笛〉だ。黒い線ではなく、その間の白い線を見たまえ。〈m・I〉に見えるじゃろう。似た図案に〈藤袴〉というのがあるが、容疑者の一人に〈横笛雪江〉がいるのだから、彼女が犯人に間違いなかろう――」

〈横笛〉

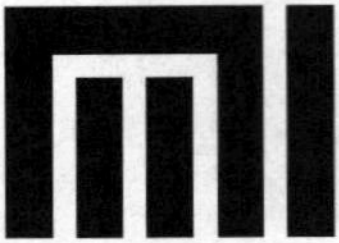

〈藤袴〉

密室の中の死者

三階の廊下の端でエレベーターのドアが開き、ドスン、ドスンという地響きを立てながら、増加博士が出てきた。羽鳥警部は彼を迎えると、一番奥にあるドアを指さした。

「増加博士。御足労ありがとうございます。今回は大変難しい事件ですよ。何しろ、密室殺人とダイイング・メッセージの謎がダブルで生じたんですからね」

犯罪捜査の巨匠は二本の杖に体重を預け、大きな顔を前へ突き出すようにして、あたりを見回した。真っ直ぐな廊下の脇に、黒いスチール製のドアが左右三つずつ並んでいる。

「わしが聞いた一報は、このマンションの三階で、立てこもり事件が起きたというものだったが？」

「はい、それが事件の発端です。泥酔した山本浩二《やまもとこうじ》という青年が、モデルガンを持って、『殺してやる！』と騒いだのです。二号室の住人である島野《しまの》はるかという大学生の女性が、その男の元彼女です。彼女に誰か男ができたらしく、別れ話がこじれたみたいですな」

「死体は？」

「六号室に転がっています」

「となると、殺されたのは別の者か」

部屋番号は、左側が一から三号室、右側が四から六号室というふうに振ってあった。

「そうです。その騒ぎの最中に、ジョン・スミスという、父親がアメリカ人で母親が日本人の男性が何者かに刺殺されました。ところが、廊下にはモデルガンを振り回して大声を上げている山本がいましたし、部屋のドアや窓も、内側から鍵がかかっていました。誰も、室内に侵入して、ジョン・スミスを殺すことなどできなかったのです」

そう言ってから、羽鳥警部は増加博士を六号室へ案内した。広めの1DKで、ジョン・スミスはキッチンの床に俯せに倒れていた。背中には深々とナイフが突き刺さっており、かなりの量の血が流れ出ていた。彼の頭の先には、缶詰がたくさん入った紙袋が倒れていた。そして、スミスは右手を前に伸ばし、缶詰を一つ握りしめていた。

「どうやら、この缶詰は、パチンコで取ってきたもののようじゃな」

死体の様子を観察しながら言い、増加博士は三重顎を撫でた。

「ええ、そのとおりです」

「背後から襲われたわけか」

「そうです。ナイフからは指紋は出ませんでした。犯人は、布か何かで柄の部分を拭き取ったようです。被害者が油断していたとすると、犯人は顔見知りだったのではないでしょうか。実を言えば、この階の住人は皆、付き合いがあり、時折、ホームパーティーなどもしていたようです」

「ふうむ。で、ダイイング・メッセージというのは？」

羽鳥警部は、隣りの部屋を振り返った。

「見てください、床に付いた血の跡を。ジョン・スミスはそっちの部屋で襲われ、倒れた後、ここまで必死に這って来たんです。そして、わざわざその缶詰を握りしめてから絶命したわけですな。ですから、私は、その缶詰がダイイング・メッセージではないかと考えたんですよ」

「ほほう。これは、パイナップルの缶詰だな。わしもこれは大好きだぞ。昔は、パイナップルは高級な果物でな。めったに口にできなんだからな」

と、増加博士は、男の手の中にある缶詰を見つめ、舌なめずりするようにして言った。

羽鳥警部はため息をつき、

「しかしながら、私には、パイナップルが何を意味しているのか、どんな名前を指しているのか、まったく解りません」

「ジョン・スミスはどんな男なんだ？」

「駅前の英語学校の講師をしていました。この階の住人の半分はそこの生徒でした。彼が勧誘したらしいです」

「全員の名前や素性を教えてくれんか」

増加博士は催促した。

「はい。一号室は、木下幸雄《きのしたゆきお》、三十六歳、サラリーマン。二号室は、島野はるか、十八歳、大学生。三号室は京本信司《きょうもとしんじ》、二十四歳、コック見習い。四号室は田《た》山《やま》沙《さ》耶《や》、二十六歳、ピアノ教師。五号室は松田《まつだ》恵子《けいこ》、二十歳、大学生。六号室はジョン・スミス、三十歳――という具合ですね」
「その中に、犯人がいると思うのか」

「ええ。全員に聞き込みをしたところ、面白いことが解りました。スミスは、田山沙耶や松田恵子とも付き合いがあったらしく、一番新しい彼女が、島野はるかだったようです。京本信司は松田恵子と付き合っていましたし、木下幸雄は田山沙耶と付き合っていました」

　増加博士は口をへの字にし、顔を左右に振った。たるんだ顎の肉もブルブルと震えた。

「何だか、入り組んだ関係じゃな」

「まったくです」

　増加博士は腕組みすると、

「それで、おぬしの考えでは、スミスはパイナップルの缶詰を使って、その中にいる犯人を指し示そうとしたというのじゃな。しかし、パイナップルという名前の者はおらんようだぞ」

　と、皮肉っぽく指摘した。

「確かに、いませんね」

「パイナップルといえば、黄色とかトゲトゲじゃな。缶詰となると、中に入っているのは輪切りになったものじゃ。綴《つづ》りは〈pineapple〉で、後ろ半分なら〈apple〉か……」

「はい」

増加博士はふたたび顔を振ると、

「どうも、うまい考えは浮かばないな。先に、密室殺人の方の謎を解いてみるか」

「ドアにも窓の鍵にも、スミスの指紋しか付いていませんでした」

「ドアに鍵がかかっていたのなら、誰が、どうやって、スミスが死んでいることに気づいたんじゃ？」

「騒ぎが起きて、通報があり、警察官が急行しました。そして、酔って騒いでいる山本を取り押さえたわけです。騒ぎが起きてから、住人たちは皆、自分の部屋の中に隠れていました。警察官たちは、それぞれの住人たちの安全を確認していったのですが、スミスだけが返事がありません。それで不審に思った警察官が管理人に連絡して、合い鍵でドアをあけてもらったのです」

「すると、彼が絶命していたわけか」

「ええ。死んだばかりでした。もちろん、騒ぎが起きた時には彼は生きており、自分の部屋に逃げ込む姿を他の者が見ています」

増加博士はドアの錠前を調べ、次にベランダの窓をあけた。すぐ目の前に別のビルの壁がそびえ立っていて、下を見ても、袋小路になっていて逃げ場がない。行けるとすれば、ベランダ伝いに隣りの五号室くらいである。

「五号室の松田恵子は何と言っている？」

「六号室の出来事には、まったく気づかなかったとのことです。まあ、それも仕方がありませんな。廊下では大声で、山本が『殺してやる！』と騒いでいたんですから。恐ろしくて、部屋の片隅で身を縮め、耳を必死に塞《ふさ》いでいたと言っていました」

増加博士は部屋の中を、象が餌を探しているかのようにうろうろと歩いた。それから、キッチンの流しの横に置いてあったビールの缶を見て、

「うう、バッカスよ。ビールの十本や二十本を、グビグビと喉から胃袋に流し込まないと、このポンコツ頭が働かないわい」

と、悔しそうに言った。

「私の印象では、誰かが嘘をついているという気がします。何か確証があるのではなく、まったくの勘なのですが……」

と、羽鳥警部が渋い顔で言うと、増加博士はどんぐり眼《まなこ》を見開いた。

「おぬし、良いことをいうじゃないか。それで閃いたぞ。犯人が解った」

「誰です？」

「山本が殺すと言って騒いでいた島野はるかじゃ。そして、山本も彼女の共犯だ」

「どういうことですか」

怪訝な顔で、羽鳥警部は尋ねた。

「山本が騒いでいたのは、おぬしが見抜いたように演技じゃよ。ジョン・スミスが、何かひどいことを島野はるかにしたのじゃろう。それで、彼女は山本に頼み、スミスを殺す手伝いをしてもらったのだ。つまり、山本が騒いでいる間に、こっそりドアをあけてスミスの部屋に行く。ジョンは彼女が助けを求めて来たと思って自室に急いで入れる。そして、彼女は彼の背中にナイフを刺し、まだ山本が騒いでいる間に、自室に戻ったわけさ」

羽鳥警部は首をひねって、

「ですが、ドアの鍵はどうしたんですか。それに、パイナップルの謎は？」

すると、増加博士は喉の奥で唸り、拳で自分の頭をポカポカ叩いた。

「うう、まったくこのポンコツ頭には嫌になるわい。待ってくれ、よく考えてみる――」

羽鳥警部は、巨匠がふたたび口を開くまでじっと待った。

すると、増加博士はにんまりと笑い、

「今度こそ真相が解ったぞ。真犯人は、五号室の松田恵子じゃ。彼女はベランダの方から、スミスに助けを求めて彼の部屋に入った。そして、ナイフを突き刺して逃げ出したのじゃ。スミスはさらに襲われないよう、窓に鍵をかけた。だが、床に倒れ、必死に犯人の名前を示すために、パイナップルの缶詰を握りしめたわけじゃよ」

「パイナップルはどういう意味ですか」

羽鳥警部は急いで尋ねた。

「わしらは、パイナップルのことをパインともいうじゃろう。〈pine〉というのは〈松〉のことさ。つまり、〈松田〉の〈松〉じゃよ」

そう言って、増加博士は満足げに微笑《ほほえ》んだのだった。

嘘つき倶楽部《クラブ》

「オッホン！　それで何なんだね、羽鳥警部。今日、わしをこんな田園調布《でんえんちょうふ》にある豪邸へ呼んだのは？」

あたりに響き渡るような咳払いと大きな声で、犯罪捜査の巨匠、増加博士が尋ねた。

彼が豪邸と言ったとおり、目の前にあるのは、高級住宅街と知られるこの地区でも、ひときわ古くて大きな西洋館だった。

羽鳥警部は、軽く頭を下げて答えた。

「増加博士。実はですね、昨夜のことなのですが、この館の主人が寝室で撲殺されました。それを今朝、使用人が見つけたわけです。

館には、主人の客が三人、昨日から滞在していまして、今もおります。表向きは麻雀《マージャン》をするためです。つまり、彼らが容疑者なのですが、誰が犯人か解りません。それで、増加博士に真犯人を探り当ててほしいのです」

「密室とか、アリバイとか、何か難しい状況が存在するのかね」

増加博士は声に力を入れて尋ねたが、羽鳥警部はきっぱり否定した。

「いいえ、そういうことはありません。しかし、一筋縄ではいかない連中なのです」

「というと？」

「実は、ここの主人の山倉権次郎《やまくらけんじろう》は大変な土地持ちで、大金持ちなのですが、それ以上に、非常なへそ曲がりとして知られているんです。昔から、〈嘘つき倶楽部〉という集まりを主宰してきました。まあ、紳士倶楽部の一種でして、仲間には会社の運営資金などを援助しているんです。そのため、一つだけ入会資格に厳しいものがあります。何かと言いますと、『何か話す時、重要なことで必ず嘘を一つつく』というものなのです。山倉氏はメンバーに、この点を徹底させていました」

「ほほう、面白い。変わった規則じゃな」

と、増加博士はつぶらな瞳を輝かせた。

「実は昨夜、山倉氏から私の家に電話がかかってきました。私は不在でしたが、留守電に『メンバーの一人に〈正直者サークル〉のスパイがいる。そいつに殺されそうだ。助けてくれ』という必死な声が残っていました。山倉氏とは以前からの知り合いでしたので、彼は私に連絡してきたのでしょう」

と、羽鳥警部は残念そうに言った。

「〈正直者サークル〉というのは?」

「以前から、〈嘘つき倶楽部〉と敵対している連中です。『嘘をつく者を許さない』と言って、世界中で抹殺して回っている一種の秘密結社です」

「なるほど」

「それで、容疑者たちなのですが、私が『犯人は誰だ?』と尋ねたところ、全員が揃って『自分が犯人だ』と答えるんですよ。要するに、二人は無実なのに嘘を言っていて、一人は本当のことを言っているわけです」

増加博士はちょっと天を仰ぐと、

「いやいや、これは確かに前代未聞の事件だわい。ビールを一樽ほど飲まないと解決できんかもしれん!」

と、叫ぶように言った。

「とにかく、増加博士。容疑者たちに会ってもらい、誰が嘘つきか、誰が正直者かを見破っていただきたいのです」

「解った。すぐに案内してくれ」

と、犯罪捜査の巨匠は真剣な顔で命じた。

立派な玄関に入り、ホールへと抜けながら、羽鳥警部は説明した。

「山倉氏は六十八歳でした。山梨県の地元に広大な土地を持っている他、銀座を中心にいくつかのテナント・ビルを所有してます。悠々自適の生活を送っており、連れ合いはいません。館のことや自分の世話は、使用人たちに任せていました。身寄りはいないので、遺言状でも、彼の財産は死後、すべて国へ寄附されることになっています」

「金目当ての殺人ではないということだな」

と、納得顔で増加博士が確認すると、そうですと羽鳥警部は頷いた。

「容疑者ですが、一人目は梅原健一《うめはらけんいち》、四十歳。アパレル系の会社社長。趣味は旅行とダイビング。二人目が下田《しもだ》卓二《たくじ》、五十歳。手広く飲食関係の店をやっています。趣味は浮世絵蒐集《しゅうしゅう》。三人目が不動産会社社長の高野《たかの》雄三《ゆうぞう》、五十五歳。趣味は犬の飼育です」

羽鳥警部は増加博士を、広々としたリビングに案内した。庭園が見渡せる大きなガラス窓がズラリと並んだ豪華な部屋だった。

その中央にある革製の立派なソファーに、三人の中年男性が座って、コーヒーを飲むか、葉巻をくゆらせていた。

梅原健一は、背の高いがっしりした体軀で、よく日焼けしている。

下田卓二は、まるまると太った、背の低い男だった。

高野雄三は、痩せて柔和な顔をしている。

羽鳥警部は、三人に増加博士を紹介した。

増加博士は二本の杖に上半身の体重をかけて、彼らをぐるりと見回した。

「皆さんのうちの誰かが、この館の主人である山倉氏を殺害したと聞いたが、本当かな。誰が犯人なのか、ここで正直に名乗りでる者はおらんかな」

しかし、三人は平然とした顔で、異口同音に答えた。「私が犯人です」――と。

増加博士はまた全員を見回し、質問した。

「それでは、皆さんと軽いおしゃべりをしよう。まず、梅原さん。おぬしは日焼けをしたばかりのようだが、どこか南の島へでも行っていたのかね」

梅原は、軽い笑みと共に頷いた。

「ええ。一週間前から、インド洋にあるクリスマス島という所に遊びに行ってきたのですよ。そこでダイビングをしましてね」

「ふむ。それは確か、太平洋の赤道直下にあるキリバス共和国の島じゃったな。十一月の雨季になると、体長十センチほどのカニが大発生して、産卵が目的で森から海岸まで大移動する。そのため、道路や砂浜が真っ赤に染まってしまうと聞いたが？」

「そうですよ。ちょうど雨が降ったので、海岸がカニで埋め尽くされる場面が見られました。あれは壮観でしたよ」

続いて、増加博士は下田の方へ顔を向けた。

「いきなりだが、下田さんは、葛飾北斎《かつしかほくさい》の〈冨嶽《ふがく》三十六景東海道程ヶ谷《とうかいどうほどがや》〉という浮世絵をどう思うかな。あそこに描かれている富士山は左右が逆になっているわけだが」

「確かに、雪線が向かって右側に長く延びていて、程ヶ谷から見える富士山とすればおかしな絵です。北斎は基本的には写実的な画家でしたが、あれは構図のために、わざと富士山を左右逆転して描いていますな。版画なので、刷り上がったものが逆になったというようなことではないのですよ。

その証拠に、〈甲州三坂水面《こうしゆうみさかすいめん》〉という版画では、湖面に映った富士山は点対称で回転させた感じで描いてある。しかも、本物が夏富士なのに、湖面に映った方は雪を被った冬富士になっています。つまり、すべて計算尽くで、北斎は下絵を描いているのです」

と、下田は事も無げに答えた。

増加博士は頷き、高野雄三へ話しかけた。

「おぬしは犬に詳しいそうだが」

「ええ。コンテストの審査員もしています」

「チワワという世界一小さい犬がおるな。あの犬は、その昔、食用だったと聞いたが、それは本当のことかね？」

すると、高野は苦笑いしながら肩をすくめた。

「チワワはメキシコなど、中南米が原産の犬です。大航海時代に、中国の犬が持ち込まれて、現地の犬と交配してできたという説もあります。しかし、食用だったというのは、単なる俗説ですよ」

「ほう？」

「中国に、チャウチャウというわりと大きな犬がいるんです。これが昔、食用だった時期があるのです。チワワとチャウチャウ――何となく音が似ているので、誰かが取り違えて話を伝えたんでしょう」

「昔というのは、三国志時代のことかね？」

「そうですよ。私に訊くまでもない。あなたもよく御存じではないですか、増加博士」

　と、高野はややふて腐れたように言った。

　全員への質問が終わったので、羽鳥警部は期待感をあらわにして、増加博士に尋ねた。

「どうですか、正直者は解りましたか」

「ああ、解ったとも。二人は嘘つきで、一人は正直者だな」

　と、巨匠は満足げな顔で頷いた。

「誰が正直者――つまり、この館の主人を殺した犯人ですか」

「ズバリ言おう。その下田卓二が犯人じゃよ」

　と、増加博士は大声で言い、杖の先で太った男の顔を指し示した。

「さっき、そう告白しましたが――」

　と、下田は不満顔で言った。

「本当ですか、増加博士？」

　羽鳥警部は尋ね、二人の顔を見比べた。

「ああ、本当じゃとも。梅原氏と高野氏の話には、嘘が一つ混じっていたが、下田氏の話はすべて本当のことじゃったからな。

梅原氏はクリスマス島へ遊びに行ったという。だが、国の名前が間違っておる。実は地球上に、クリスマス島は二つある。オーストラリア領とキリバス共和国とな。カニが大発生するのは、オーストラリア領の方じゃ。

高野氏が語ったチワワとチャウチャウの歴史もそのとおりじゃ。ただし、時代が違っておる。あれは清時代の話が正解さ。

そして、浮世絵に関する下田氏の話はすべて事実じゃった。彼は〈正直者サークル〉の会員なので嘘を交えることができなかったのだな。

それにしても、殺人を犯すことは平気で、嘘をつくことに良心の呵責《かしゃく》を感じるとは、どういう神経をしておるのだろうな、この御仁は——」

嘘つきのアリバイ

　ズシン、ズシンという地響きが地下室に響いた。

「オッホン！　どういう理由で、こんな老人に苦行を強《し》いるんじゃね、おぬしは？」

　やたらに不機嫌な声だった。全身でハアハアと息を吐きながら、犯罪捜査の巨匠は羽鳥警部に文句を言った。

　それもそのはず。増加博士は、自分の巨体とほぼ同じ幅の、狭い階段を苦労して下りてきて、ようやくこの部屋に到着したからだ。

「申し訳ありません。ここは秘密のクラブでして、高額の賭けポーカーがやられていました。それで、エレベーターなどはなく、出入り口はあの階段だけなんですよ」

「ほほう。すると、その出入り口のドアには鍵がかかっているか、見張りがいた。にもかかわらず、ここで殺人が起きた。つまり、密室殺人というわけなのだな？」

と、増加博士の機嫌が直って、嬉しそうに尋ねたのだった。

「いいえ、密室殺人とか不可能犯罪ではありません。被害者は二日前の、土曜日の夜中に、ここで何者かに撲殺されました。死体は今朝、掃除に来た人間が発見しました。解剖のために、すでに死体は運び出してあります」

「容疑者は？」

「隣室にいます。三人です。どうやら、そのうち二人は〈嘘つき倶楽部〉の会員ですが、あと一人は〈正直者サークル〉の会員です。それで、全員が『私が犯人だ』と訴えていて、誰が本当のことを言っているのか解らず、ほとほと困っているんですよ」

羽鳥警部が説明すると、増加博士がハッとした顔になった。

「〈嘘つき倶楽部〉と言えば、何か話す時に、必ず一つは嘘を言うことを信条としている連中だったな。で、〈正直者サークル〉の連中は、それとは逆に、どんな時でも絶対に本当のことしか話さないと決めておる。

しかも、前者は嘘が全人類を救うと考えているし、後者は、真実こそが正義だと信じている。その上、両者は長年敵対関係にあって、これまでも殺し合いを度々繰り広げてきたんだったな？」

「はい。それで、この前の事件の時にも、博士にお願いして、〈嘘つき倶楽部〉の会員に紛れ込んだ〈正直者サークル〉の犯人を割り出してもらったわけです」

と、一ヵ月前に起きた殺人事件のことを、羽鳥警部は指摘した。

「解った。それじゃあ、被害者や容疑者の身元を教えてもらおうか」

と、増加博士は目を細め、催促した。

「被害者は、このポーカー・クラブの主宰者だった峰島健吾《みねしまけんご》、五十二歳。一階の喫茶店兼パブのオーナーでもありました。

容疑者の方ですが、一人は坂上恵子《さかがみけいこ》、六十二歳。金持ちの未亡人です。死んだ夫が株で大儲けしたそうです。

二人目は葉山浩二郎《はやまこうじろう》、三十六歳。スポーツ・インストラクターをしています。

三人目は村田新作《むらたしんさく》、四十四歳。旅行雑誌でライターとカメラマンをしているそうです」

「おぬしの印象では、誰が犯人じゃと思う？」

「解りません。とにかく、自ら犯人だと名乗る者たちばかりですから、常識的な捜査手順が通用しません。それで、博士に来ていただいたわけですよ」

「そういうことならば、さっそく容疑者に会わせてもらおうじゃないか。あの連中と話すとなると、ビールの一杯や二杯、飲みたいところだが、今は我慢しておこうか」

羽鳥警部は、隣の部屋に増加博士を連れて行った。

丸いポーカー・テーブルの周囲に、三人の人間が座っていた。皆、ふて腐れたような顔をして、こちらを見やった。

増加博士を彼らに紹介した羽鳥警部は、

「この方が、皆さんと少しお話をします。犯人逮捕のために、御協力をお願いします」

と、容疑者たちに向かって頼んだ。

増加博士は二本の杖に体重をかけ、太った顔を突き出して全員を見回した。

「まずは、葉山さん。おぬしの事件当時のアリバイを教えていただこう。もしや、ハワイとかグアムとか、どこか南方の島へ行っていたのではないかね？」

一同の中で最も若い彼は、ちょっと驚いた顔をして、訊き返した。

「何故、解ったんですか。そうです。五日前からハワイへ遊びに行っていて、昨夜、帰ったばかりです。ワイキキの、グランド・パー・ホテルに泊まっていました」

「なあに、難しい推理じゃない。真っ黒と言っていいほど、おぬしが綺麗に日焼けしていたからさ。それに、手首に付けている貝殻のブレスレットも、土産品に見えたからのう」

「ただし、それは偽のアリバイです。皮膚が黒いのは、実は都内の日焼けサロンで焼いたものです。つまり、私が本当の犯人です」

と、彼は平然とした顔で告白した。

「ならば、おぬしに質問する。ハワイ州オアフ島にあるワイキキ・ビーチの成り立ちを知っているかね？」

と、増加博士は探りを入れるような顔で、葉山を見た。

「知っていますよ。あそこはダイヤモンドヘッドも見える有名なビーチですが、本来は岩礁だったんです。一九二〇年代から、カリフォルニアより白い砂を船で運んできて造った人工の浜辺なんですよ。意外なことですがね」

「そう。マンハッタン・ビーチから運んできた砂らしい」

頷いた増加博士は、カメラマンの方へ顔を向けて尋ねた。

「村田さん。あんたのアリバイは？」

「私は犯人ですから、偽のアリバイということですな。仕事柄、私は写真を撮りながら、温泉、鉄道、紅葉などのレポートをしています。それで、今回は、赤倉《あかくら》温泉に行ってきました」

「スキーで有名な赤倉温泉かね？」

「そうです。新潟県妙高市《みょうこうし》にある古い温泉地で、妙高山の麓に広がっています。近頃は足湯も整備されて好評なんです。これが証拠の写真です。タイマーを使って撮りました」

そう言って、村田は焼いたばかりのプリントを見せた。鄙《ひな》びた駅のホームで、〈赤倉温泉駅〉と書かれた看板の前に、ハイキング姿の彼が立っている。

写真を羽鳥警部に渡してから、増加博士は三人目へ視線を向けた。

「坂上さん。おぬしのアリバイは？」

すると、オペラ歌手のように豊満な肉体をした坂上恵子は、扇子で自分の顔を扇ぎながら答えた。

「わたくしの偽アリバイを説明すると、別荘に行っておりましたわ。芦ノ湖畔《あしのこはん》に、主人が遺してくれた別荘があるんですの。だいたい、一年のうち半分くらいはそちらにいて、趣味の油絵を描いているか、釣りをしています。そして、昨日は、ブラックバスの釣り大会に出ていたんですの」

「ほう。女性が釣りとは、珍しいんじゃないかね？」

「そうでもありませんわ。最近は、若い娘さんたちも盛んに磯釣りなどをしていますでしょう。スポーツ・フィッシングはけっこう人気ですわ」

「芦ノ湖はヒメマスやワカサギで有名だが、ブラックバスのような外来種も多いのかね？」

「ええ。あれは、スズキ目サンフィッシュ科の魚で、引きが強いので釣り人には人気のある魚ですわ。大正九年だか十年に、東京都出身の実業家で、大正銀行頭取も務めた赤星鉄馬《あかほしてつま》という人物が、アメリカのカリフォルニア州から持って来て、食用として放流したものですのよ」

「ブラックバスにも種類があったと思うが」

「芦ノ湖のは、ビッグマウスですわ」

三人の話を聞き終えると、増加博士はちょっと考える風情になった。

しかし、すぐに、彼は満足そうに弛んだ顎を撫で始めた。それから、うっすらと笑みを浮かべたのだった。

「何か、解りましたか」

羽鳥警部は尋ねた。

「ああ、解ったとも。この三人の御仁のうち、二人は小さな嘘をついたが、一人の話はすべて本当のことじゃった」

「つまり、その者が殺人犯なのですね」

「そうじゃ。そいつが〈正直者サークル〉のメンバーというわけでもある」

「誰が犯人です？」

羽鳥警部が尋ねると、増加博士は杖の先を上げて、真っ直ぐに一人の男を指し示した。

それは、真っ黒に日焼けした葉山浩二郎だった。

「一応、理由を聞きましょうか」

と、怯《ひる》むような感じで、葉山が言った。

増加博士はにんまりした。

「あんたの話が、すべて事実じゃったからだよ。それに比べて、他の二人には嘘が混じっていた。

村田さんだが、新潟県の赤倉温泉に行ったというが、それは真っ赤な嘘だ。そこの最寄りの駅は妙高高原駅じゃからな。だから、実際に彼が写真を撮ったのは、山形県最上郡《もがみぐん》最上町大字富澤《おおあざとみさわ》にある赤倉温泉の方だ。この写真は、ＪＲ東日本陸羽東線《りくうとうせん》の赤倉温泉駅のホームで撮影したものさ。

坂上さんの話にも、小さな嘘が混じっていた。彼女は、赤星鉄馬がブラックバスを芦ノ湖に放流したのが、大正九年か十年だと言った。だが、本当は十四年か十五年のことじゃったのさ。

というわけで、葉山浩二郎さんや。おぬしが〈正直者サークル〉のメンバーで、このオーナーを撲殺したのは間違いない――」

〈増加博士の講演〉から

——ウォッホン。

わしが今、紹介にあずかった増加博士じゃよ。犯罪学が専門でな、最近は警察に協力して、犯罪捜査に首を突っ込み、いくつかの難事件を解決した。ことに、密室殺人などの不可能犯罪はわしの専門分野じゃ。

それ故、わしは注意する。おぬしたち学生がもしも、これから殺人を犯そうと計画していたら、あまり難しい殺人方法は採用しないことじゃ。そうでないと、わしの出番となって、すぐに真相を暴かれ、結局は刑務所行きとなってしまうじゃろう。万事休すじゃよ。

わしはこのとおり、年寄りで、老いぼれ探偵じゃ。しかし、経験はわりと豊富だし、脳味噌の使い方もよく知っておる。生半可な犯罪者よりも、悪事の手口には精通しておるつもりじゃ。

それで今日は、犯罪は割に合わないものだという実例を、おぬしたちに話そうと思う。

犯罪というのは様々あるようじゃが、分析すると、パターンは意外に少ないことが解る。犯行動機なども、怨恨《えんこん》、物欲、愛憎、信念、異常心理など、決まり切ったものに大半が収束する。推理小説作家は、風変わりな動機を懸命に考えるが、なかなか特殊なものは見つからないものさ。

犯行の機会も同様でな。ある時に犯行があったと思われる場合、実際にその時に犯行がなされたか、それより前に犯行がなされたか、それより後に犯行がなされたかの、三通りしかないのじゃ——何？　よく意味が解らんじゃと？　ウォッホン、最後までわしの話を聞けば、理解できるじゃろう——。

いいかね。犯行の機会に関しては、今、わしの言ったことを、おぬしたちのガランドウ頭にしっかり叩き込むのじゃ。そうすれば、密室の謎やアリバイの謎など、トリックを解くことがわりと簡単になる。

たとえば、密室内である女性の悲鳴が聞こえる。君と犯人がドアを蹴破り、室内に入る。彼女は胸にナイフが突き刺さり、死にそうな顔をしている。君は外に飛び出て、急いで警察に電話をする。しかし、警察が来た時には、彼女は出血多量で死んでしまう。このような状況下で自殺でないとしたら、誰がどうやって、彼女を殺したのか。密室の中には、彼女しかいなかったのだから——。

——そう。彼女は、君をからかって死にそうな真似をしただけだった。君が警察を呼びに行った間に、犯人が部屋に入り、彼女を本当に刺し殺してしまったのじゃ。これが、この密室トリックの解答なのさ。解ったかね。オッホン。

それから、犯罪者の多くは自信過剰じゃな。自分が非常に頭が良いとうぬぼれ、墓穴を掘ることが多い。犯罪現場に細工をしすぎて変な証拠を残したり、隠し事のせいで言動が不自然になったりと、けっこう間違いをしでかす。わしら探偵は、犯人の失敗を捜し出し、犯罪計画そのものを打破するわけじゃな。

——さて、それでは、実例を話そう。

まずは、〈黒っぽい紐《ひも》事件〉じゃや。それは、北軽井沢《きたかるいざわ》にある別荘で起きた。ある若い女性が二人——A子とB子にしよう——金持ちの若い医者——C男——に誘われて、そこに遊びに行った。C男の友人のD助も来ていた。

夜みんなで酒を飲み、酔ったA子が先に自分の部屋に戻った。すると、しばらくして突然、二階のA子の部屋から悲鳴が聞こえてきた。みんなが行ってみると、彼女がバスルームにある洗面台の前に倒れていて、左手に小さな怪我をし、後頭部には瘤《こぶ》があった。

彼女は青い顔をして、こう呟いた。

「く、黒い、マダラの、紐――」

そして、気絶してしまった。

それを聞いて、C男が、

「意味は解らないが、とにかく、何かで怪我をしたようだ。治療しよう」

と言い、彼女をベッドに運び、怪我した部分を消毒して赤チンを塗り、さらに、念のために抗生物質の注射を打った。

しかし、彼女は具合が悪くなって、結局、ショック状態になって死んでしまったんだ。

地元の警察が来て、いろいろ調べた。すると、洗面台の横の化粧品などが置いてある棚に、割れたビンがあって、その後ろに黒くて斑な紐が置いてあるのが解った。それから、部屋の隅に鼠《ねずみ》の穴のようなものがあるのも。

そこで、担当刑事はこう推理した。

「一見、彼女はこの黒い斑な紐に驚いて怪我をしたようだが、それは間違いだ。この黒い紐は、犯人がわざとそこに置いておいた、偽の手がかりだ。実際は、彼女は犯人が飼い慣らしている、黒くて、斑な、毒蛇に嚙まれて死んだのだ。その蛇とは、たぶんヤマカガシだろう。あの黒っぽい毒蛇が鼠の穴から侵入して、被害者を襲ったに違いないな――」

関係者の身元を調査したところ、D助が家で蛇などの爬虫類《はちゅうるい》を飼っていることが解り、担当刑事は彼を逮捕した。インド人が笛でコブラを操るように、何らかの方法で、D助がヤマカガシを操ったものだろう。そう担当刑事は推理したわけじゃよ。

ヤマカガシの体長は一メートルほど。体色は褐色で、その上に黒と赤の斑紋が幾何学模様のように並んでいる。日本中にいる蛇だから、担当刑事がそう思ったのも無理はない。だが、わしの考えはまったく違った。担当刑事は、犯人の計略に引っかかり、別の人間を誤認逮捕してしまったんじゃよ。

何故なら、大の大人が、蛇を見て、斑な紐だなどと勘違いすることなんて、絶対にあり得ないじゃないか。被害者はただ単に、黒くて斑な紐を取ろうとして、割れたビンで怪我をしただけなのだよ。気絶する前の言葉は、それを言おうとしたものさ。彼女は紐に驚いて手を怪我し、足を滑らして転び、頭の後ろをどこかにぶつけて気絶したわけじゃな。

では、何故、彼女は死んだのか。そこに、犯人の邪《よこしま》な犯行が及んでいた——答を言おう。被害者は、C男が打った注射のせいで死んだのじゃ。抗生物質のせいで死んだのさ。無論、それは、一般的には毒などではないがね。

にもかかわらず、被害者は死んだ。何故かと言えば、彼女は、ペニシリン・ショックを起こしたからじゃ。一種の重篤《じゅうとく》なアレルギー、つまり、アナフィラキシー・ショックのせいで、命を落としたわけじゃな。

学生諸君も知っておるだろうが、ペニシリンは抗菌剤としての効用がある抗生物質じゃ。怪我の治療などに長い間、使われてきた。細菌学者のアレクサンダー・フレミングが青カビから見つけ出した出来事は有名な話で、この薬で救われた人命は多く、二十世紀最大の発見などと賞賛されたものじゃ。

しかし、極《ご》まれに——数万人に一人程度の確率だが、ペニシリン・ショックにかかる人がいる。C男はたぶん、A子のアレルギーについて事前に知っていて、それを犯行に利用したのじゃろう。

殺した動機は、警察が調べて解った。A子がC男の子供を妊娠していたが、C男は病院長の娘とも付き合っていた。A子が邪魔になって、無慈悲にも殺害したのじゃよ。

もう一つ、同様の事件を紹介しよう。

これも不幸なことに、医者絡みの事件だから、病院へ行くのが嫌になる者もおろう。

——それは、こういう事件じゃった。

季節は夏。あるIT関係のわりと若い社長が、妻や、仕事仲間の友人たちと一緒に北海道のリゾート・ホテルに遊びに行った。しばらく仕事が忙しくて、ストレスが溜まったというので、休養に出かけたのじゃな。

他の友人たちが、プールで水泳をするとか、草原や森で乗馬をするとか、小高い山でハンググライダーをするとか、いろいろと活動的なことをしていたが、社長はプールの横で寝そべり、本を読んでいるだけじゃった。

その日の夜、社長は体にかゆい所があると言った。しかし、他に具合の悪そうなところはなかった。日焼けのせいか、肌に赤い部分が生じていた。友人の一人は医者だったので、社長の体を診察し、疲れによる軽い帯状疱疹《たいじょうほうしん》だと見立てた。そして、かゆみ止めの塗り薬と皮膚病の薬として有効な飲み薬を与えた。それらが効いて、社長の肌はすぐによくなった。

ところが、翌々日の夜、社長は急に具合が悪くなり、レストランで倒れた。そして、そのまま救急車で病院へ運ばれ、その翌日、亡くなってしまった。死因は血液障害じゃった。

最初、社長の死は自然死として片づけられそうになった。しかし、保険会社の友人からわしが調査を頼まれた。わしは、社長がレストランで倒れた時のことを聞いて、あることに気づいた。社長は見事に禿げていて、カツラを被っていたというのじゃ。社長はリゾート地に保養に行っても、活動的な遊びをしなかった。それで、わしは、彼がガンの治療を行なっている最中だろうと見抜いた。警察に調べさせると、そのとおりで、社長は抗ガン剤を飲んでいた。

これを知って、わしは医者が用いたトリックを見抜いた。彼が社長に飲ませたのは、ソリブジンという皮膚病の薬で、これは、フルオロウラシル系の抗ガン剤との併用によって、大変な副作用を起こすのじゃ。どちらも単体で用いれば問題の少ない薬だが、体の中で合わさると、人を殺すほどの危険な化学反応を起こすのじゃ。

この事件の頃、ソリブジンは発売されたばかりじゃったが、その一ヵ月の間に、十五人が死亡、八人が重症となる被害を出した。そして、少し後に、ソリブジンは発売中止となった。

医者は、臨床試験のデータなどを読んでいて、ソリブジンと抗ガン剤の相互作用を知っておった。それで、それを殺人のトリックに使ったわけじゃ。友人を殺した訳は、彼の妻と浮気をしていたからだ。二人で結託して、社長を殺す機会を狙っていたのさ。

無論、二人は逮捕された——。

呪われたナイフ

ズシン、ズシンという、地響きに似た足音が聞こえてきた。若い警察官に案内されて入ってきたのは、もちろん、相撲取りのような体格の持ち主である増加博士だった。

不可能犯罪に関するこのエキスパートは、二本の杖に体重を掛けて立ち止まり、ゼイゼイと荒い息を吐いた。そして、室内をつぶらな目で見回すと、

「羽鳥警部。今度はどんな事件かね。難しい事件なんじゃろうな？」

と、期待するように尋ねたのだった。

ここは、箱根の奥にある古びた西洋館で、その昔は、ある華族の別荘だったという。

羽鳥警部は深く頷いた。

「ええ、もちろんですとも。完全なる不可能犯罪です。密室ではありませんが、それに匹敵するような、不可解極まる犯罪です」

「ならば、状況を詳しく話してくれ。被害者の名前からな」

と、増加博士は待ちきれずに催促した。

「被害者は、この屋敷の持ち主である後藤真二郎《ごとうしんじろう》です。ナイフで背中から心臓を刺されました。ほぼ即死だったようです。彼は、そこのソファーの横に前のめりに倒れていました。何者かが彼の背後から近寄り、油断している彼を刺し殺したわけです。死亡時刻は、昨夜の零時頃。つまり、今からほぼ十二時間前ですね」

と、羽鳥警部は、豪華な書き物机の前にある革製のソファー近くを指差して、説明した。

「死体はどうしたんじゃ?」

「司法解剖のため、もう運び出しました」

「容疑者はいるのかね?」

目を細めて、増加博士は尋ねた。

「ええ、四人います。被害者は西洋骨董《こっとう》の蒐集家として有名で、その四人も同好の士でした。彼らは、昨日朝からここに滞在していました。その中の誰かが、後藤を刺し殺したのでしょう。名前は、岩島俊郎《いわしまとしろう》、小池万平《こいけまんぺい》、宇田川京子《うだがわきょうこ》、清水康夫《しみずやすお》です。彼らを地元の警察署に連れて行き、事情を聞いています」

「殺害動機は？」

「彼らは、最近手に入れた蒐集品を見せ合うために集まっていました。つまり、蒐集品を自慢し合うわけですが、そういう会をよく行なっていたそうです。昨夜は、〈呪われたもの〉を披露するというテーマだったそうです」

「呪われたもの？」

「はい。主人は、フランスの呪われたダイヤモンドを、岩島はイギリスの呪われたナイフを、小池はアメリカの呪われた人物画を、京子は髪の伸びる市松人形を、清水は日本の呪われた土偶を、それぞれ持ち寄ったということですね」

「すると、誰かが後藤を殺して、呪われたダイヤを盗んだということか」

「ええ、そうです」

「凶器は、呪われたナイフなのじゃな？」

「はい」

「だとすれば、岩島が犯人ではないのかね？」

「それが、そう簡単に決めつけられないのですよ。ある神秘的な事情がありまして……」

と、羽鳥警部は口ごもるように言った。

「何がじゃ？」

増加博士が眉をピクリと動かすと、羽鳥警部は、書き物机の左側の壁を指差した。

「あそこに、隠し金庫があります。普段は扉を閉じて、その上に西洋画が掛けてあります。今はその絵が外され、扉もあのようにあいています」

「なるほど。しかも、中は空っぽのようじゃな。つまり、あそこに呪われたダイヤが入っていたということなんじゃな？」

するど、羽鳥警部はかぶりを振り、

「それが違うのです。あそこには、呪われたナイフが入っていました」

「どういうことじゃ？」

「凶器のナイフも鑑識へ回しています。それを写した写真がこれです」

ポラロイド写真には、片刃の、やや反り返ったような独特の形をしたナイフが写っていた。刃にはベッタリと血が付いている。横には、凝った彫刻が彫られた木製の鞘《さや》もあった。

「御覧のように、やや大ぶりの狩猟ナイフで、昔は二つ同じものがあったそうですが、もう一つは、いつしか行方不明になったそうです。

　昨夜、岩島は、この呪われたナイフについて、来歴や故事を皆に説明しました。それによると、このナイフはどんな場所に仕舞い込んでも、夜中に勝手に抜け出し、邪な心を持った悪人を刺し殺すのだそうです。

　そこで、後藤が岩島に挑戦しました。本当にそんな力があるかどうか、みんなで実験をしてみようと。で、何をしたかと言うと、鞘から抜いたナイフを皆で確認して、その刃の上に後藤がマジックでサインを入れました。鞘に戻してから、それを、後藤があの金庫に仕舞い込んだのです。

　そして、夜が明けてみると、後藤がナイフで背中を刺され、死んでいました」

「それは、背中に刺さったままだったのかね？」

「いいえ、違います。震え上がった岩島が、呪われたナイフの仕業だと言いました。通報を受けて駆けつけた警察官にもそう言いました。金庫の暗証番号は、後藤と彼の妻しか知りません。妻の美佐恵《みさえ》は、今、母親の具合が悪く、大阪の実家に戻っています。警察官は岩島に促され、妻に電話をして、金庫の番号を聞き出しました。そして、扉をあけてみると、中にナイフがありました。鞘を取ってみると、刃には血がべッタリと付いていたのです。その血は鑑識で詳しく検査中ですが、血液型は被害者のものと一致しています。

もちろん、刃に書かれたマジックのサインは後藤のものでした。したがって、そのナイフは、昨夜、金庫に仕舞い込んだもので間違いありません。また、背中の傷とナイフの形状もピッタリと一致しています」

増加博士は、下唇を突き出した。

「すると、ナイフが金庫の分厚い扉をすり抜け、そこから独りでに抜け出て、被害者を刺し殺したというのか」

「そうです。そういうことになります」

「容疑者たちの誰かが、実は金庫の暗証番号を知っていたということは？」

「ありません。後藤の妻は、夫と自分しか知らないと断言しています。また、金庫のダイヤルの上には、後藤の指紋しか付いていませんでした。彼は脂性なので、明瞭《めいりょう》に指紋が残っています。犯人が手袋をしてダイヤルを回したなら、それが乱れていたはずですが、そういうこともありませんでした」

「ダイヤモンドはどうなったんじゃ？」

「書き物机の上に、オルゴール付きの宝石箱があって、その中に後藤が仕舞いました。その宝石箱は、裏庭の池の中に投げ込んでありました。先ほど、警官の一人がそれを発見しましたが、ダイヤは入っていませんでした。犯人が奪ったのでしょう」

増加博士は金庫に近づいた。そして、じっくりと中を見回した。大きさは幅、奥行き、高さ共に三十センチメートルであった。

「分厚い鋼鉄製のようじゃな」

「ええ。鑑識が調べましたが、正面の扉以外に物を出し入れできる箇所はありません。それに、傷も一つもありません。よって、誰かが扉をこじあけたということもありません。残念ながら、ナイフが扉を空気のようにすり抜け、外に出たとしか思えないのです」

「空気だって、これほど分厚い鉄の扉を通り抜けることなどはできないぞ。閉めてしまえば、隙間もいっさいなくなる。実に見事な密室じゃな」

と、増加博士は感心したように言った。

「困った問題です。凶器は解っているのに、それが使えない状況なんですから」

「容疑者の四人が結託して、嘘を吐いているということはないか」

「ありません。むしろ、仲が悪いくらいで、それを後藤が繋ぎ止めていた感じですね」

と、羽鳥警部は困惑した顔で返事をした。

増加博士は目を瞑り、考え込んだ。そして、少ししてから目をあけると、

「――羽鳥警部。ちょっと聞くが、容疑者の中に医者か鍼灸《しんきゅう》治療師はいないかな？」

と、尋ねたのだった。

「ええ、岩島が鍼灸治療師です」

「被害者は、ものすごい肩こりだったのではないかな？」

「さあ、どうでしょうか」

「肩に、何か丸い輪のような痣はなかったか」

「ああ、それならありました。どうして付いたかは解りませんが」

すると、増加博士は嬉しそうに吼えた。

「おお、バッカスよ。酒の神よ。わしの鈍った頭でも、どうやら事件の真相を見抜くことができたようじゃぞ！」

「教えてください。岩島が犯人なんですか」

「ああ、そうじゃ。実はな、同じナイフが二本あったのさ。昔、一本が失われたというのは、岩島の嘘じゃ。彼は、鞘からナイフを抜き出し、皆にそれを見せてマジックでサインをさせた。その時、もう一つのナイフの鞘と素早く交換したのさ。そして、

そっちの鞘の中には、前もって被害者の血を垂らしておいたから、ナイフを鞘に戻せば、刃が自然と血に濡れた状態になるわけじゃな。

被害者の血は、岩島が事前に採血したものだ。ひどい肩こりの場合、タコの頭のような形をしたガラス製の器具を使い、悪血を吸い出すという療法がある。肩こりの治療をすると言って血を吸い出し、それをナイフの鞘に垂らし入れておいたわけさ」

増加博士の説明を聞いて、羽鳥警部はすっかり合点がいった。

「そうか。ナイフは一度も金庫から出ることはなかった。もう一つのナイフの方で、岩島が被害者を刺し殺したんですね！」

謎めいた記号

　地響きに似た足音が聞こえたので、羽鳥警部がドアのところで、増加博士を出迎えた。

「ああ、よく来てくださいました。今夜、一時間ほど前に、この屋敷で事件が起きたんです。現場を見てくれませんか」

「殺人事件かね？」

　増加博士は、丸い鼻をひくひくさせながら尋ねた。鉄錆のような匂いが漂っている。

　広々とした部屋で、大理石の暖炉が目立っていた。東側には大きなフランス窓が二つ並び、大型のプラズマ・テレビの前には、白い革製のソファーが置かれている。天井からは、金色のシャンデリアがぶら下がっていた。

「はい。殺されたのは、この家の女主人、羽柴美音子《はしばみねこ》です。そちらの長椅子に座っていたところを、何者かに襲われたのです」

「ずいぶん、金持ちなんじゃな。成り金というか、この屋敷の外観も、白塗りの壁に、金ぴかの装飾がたくさん付いておった。悪趣味なラブホテルといった感じじゃな」

「ええ。被害者は実業家でしたから」

と、羽鳥警部は婉曲的《えんきょくてき》な言い方をした。

「密室殺人なのかな？」

増加博士は顔を突き出して室内を見回し、期待するように言った。

「いいえ。普通の射殺事件です。ですが、ダイイング・メッセージの謎があります」

と、中年刑事は申し訳なさそうに答えた。

「どんなダイイング・メッセージじゃ？」

「彼女は突然侵入してきた謎の男に、拳銃で胸を撃たれました。そして、床に倒れた後、最後の力を振り絞って、傷口から流れ出る血を指先に付け、床に小さな星印を描きました」

「一筆書きの五芒星形《ごぼうせいけい》というやつですね」

「星印？」

と、羽鳥警部は指を動かし、空中に、それを描く真似をした。

頷いた増加博士は、中年刑事の案内で、死体が倒れていた場所を見下ろした。そこには確かに、真っ赤な血溜まりと、それから、血で描かれた五芒星形があったのである。苦しみながら描いたらしく、かなり乱れてはいたが、間違いなく星印であった。

「長椅子と肘掛け椅子の間に、暖炉の方を頭にして、被害者は倒れていました。騒ぎを知った使用人が、すぐさま警察に通報したんですが、救急車が来た時には、残念ながら、被害者は息絶えていました」

と、羽鳥警部は目を伏せた。

「容疑者は浮かんでおるのか」

と、増加博士は厳しい顔で尋ねた。

「使用人たちの証言で、怪しい人物は解っています。星野道夫《ほしのみちお》、篠原健二《しのはらけんじ》、井上五郎《いのうえごろう》の三人です。もう一人の被害者である永友一樹《ながともかずき》を含めて、彼らは皆、殺された羽柴美音子と付き合っていた男性たちです」

「ほう、四人もの男と？　発展家というか八方美人というか、遣り手の女なんじゃな？」

　と、増加博士は呆れたように言った。

「そうなんです。彼女は三重県出身のタレントで、易学ができる美人占い師として売り出しました。その後、パトロンが付いて実業家に転身すると、美容院、美容学校などをいくつも経営するようになったんです。それで現在は、それら四人の男性に、それぞれの店を任せていました」

　と、羽鳥警部は顎を撫でながら説明した。

「すると、殺人の動機は痴情のもつれか」

「ええ。彼ら四人は、いずれ自分たちの誰かが、彼女と結婚できると思っていたんです。それが、つい最近、彼女が有名ホテルの社長と付き合うようになり、婚約したんですよ。しかも、自分の会社をそのホテル・チェーンの系列に入れて経営形態を変えることにしたので、いざこざが生じました。美音子と彼ら四人とで、激しく揉めていたわけです」

「事件の目撃者は？」

「永友です。というか、彼と美音子が、この部屋にいたところに事件が起きたんです。二人は、自分たちの関係や店のことで強く言い合っていました。そこに、突然、男が庭側のフランス窓から入って来たんです。彼らが驚いてそちらを見ると、男は上着の左ポケットから拳銃を取り出し、まっすぐ腕を突き出して、二人を撃ちました。弾の一発めは、美音子の胸を撃ち抜きました。もう一発は、男の行動を阻止しようとして、飛びつこうとした永友の左腕をかすめました。永友がその衝撃でひっくり返った隙に、男は拳銃を投げ捨て、フランス窓から逃げていったんです」

「永友は、男の顔を見たのかね？」

「いいえ。犯人は黒い服を着て、黒い目出し帽を被り、黒いゴーグルをしていたそうです」

「永友の怪我の具合は？」

「たいしたことありません。救急隊員が応急手当をした後、彼は病院へ行かず、我々の捜査に協力したいと申し出たくらいです。今は、別室で待機しています」

「ずいぶん気丈な男だな」

増加博士は、感心したように言った。

「ええ。顔は見なかったが、犯人に心当たりがあるとも言っています。犯人の背格好が、星野道夫に似ていたと訴えているんです。それに、胸を撃たれて倒れた美音子が、星印を描いていた件もありますから——」

「つまり、星印の〈星〉が、星野の〈星〉を指し示していると言うのじゃな」

「そうです。まず、間違いないでしょう。星野は左利きらしいので、その点も永友の話に合致します。ダイイング・メッセージとしては、解りやすいもので助かりましたよ」

「ならば、星野はどこにいるんじゃ。逃亡中かね?」

「いいえ。それが、銀座にある美容室の方にいました。ケータイに電話をかけたところ、本人が出たんです。私が事件のことを告げると、『自分は絶対に犯人ではない、潔白を訴えるために、ここへ来る』と言うのです。それで、彼の所にパトカーを差し向けました」

「残りの二人は?」

「今、部下に探させています。見つかったら、ここに連行します」

「拳銃の種類は?」

「ロシア製のマカロフです」

「薬莢《やっきょう》は?」

「ありました。東側の肘掛け椅子の上に落ちていました」

羽鳥警部は、白いソファーのクッションを指さした。

増加博士はゼイゼイ言いながら、フランス窓の所に移動して、鍵がかかっていないことを確認した。それから、窓を背にして立ち、左手を持ち上げて突き出すと、指で拳銃の形を作り、それを撃つ真似をした。

「――犯人は、こういう具合にして、美音子と永友を撃ったと言うんじゃな？」

「そうです。永友はそう証言しています」

「庭に犯人の足跡は？」

「一面が芝生なので、残念ながら見つかっていません。たぶん、犯人は塀を乗り越えて侵入し、犯行後もまた、そこから逃げたんでしょう」

増加博士は、部屋の中央に戻った。

「美音子だが、風水に凝っておらなんだか」

「ええ。よくお解りですね」

「うむ。屋敷の形も、部屋の配置も、置かれている様々な物も、家具や調度品の色も、全部、風水が元になっておる。易学で占いをしていたということは、陰陽道に通じておったということだ。そして、日本の風水とは、陰陽道の別名じゃからな」

「そうなんです。彼女は風水と美容を結びつけて、若い女性たちに人気が出たんです」

「ちょっと考えさせてくれんか……」

と言い、増加博士は目を瞑った。それから、ゆっくりと見開くと、にんまりと笑って、

「……どうやら、犯人が解ったようじゃぞ。ダイイング・メッセージは、まさしく死者からの偉大なるヒントだったわい」

「では、やはり星野が犯人なんですね」

「いいや、違う。そんな単純な話じゃない」

「ならば、誰が犯人なんです」

「嘘つきこそが犯人さ。そして、その嘘つきは、永友一樹じゃよ」

「どういうことですか」

「おぬしも警察官なら、拳銃をどうやって撃つか知っておろう。マカロフのようなセミオートマチックの拳銃は、必ず右手で撃たなければならない。何故なら、引き金を引くと弾が発射され、薬莢が、拳銃のスライドの右側にある排莢口から外に放出される。つまり、左手で撃ったら、薬莢が自分の顔に当たったりして危険だから、左利きの者でも、右手で拳銃を扱わねばならないのさ」

「すると、永友の目撃証言は、全部、嘘なんですね」

驚いた羽鳥警部は、目を丸くした。

「無論じゃとも。奴が美音子を撃ち殺し、自分で自分の腕をかすめるように、第二発も撃ったんじゃな。狂言さ」

「でしたら、美音子が残した、あの五芒星形の印は？」

「あれは彼女の告発で、永友のことを名指しするものじゃぞ。陰陽道で五芒星形といえば〈セーマン〉を表わす。それに格子の印である〈ドーマン〉を足して〈セーマンドーマン〉となれば、魔除けの印じゃないか。たとえば、三重県の海女《あま》などの間では、妖怪〈トモカヅキ〉から身を守るために、海に潜る時にこの魔除けを持って行く。美音子は三重県出身だという話だから、当然、そのことも知っておったのだろう」

「待ってください。それと、永友が何の関係があるんですか」

羽鳥警部は首をひねった。

「まだ、解らんのかね。〈ナガトモカズキ〉という名前の中に、〈トモカズキ〉が隠れておるではないか。美音子は彼が犯人だと警察に知らせようと思い、〈セーマンドーマン〉を半分描いたところで力つきたのさ」

と、増加博士は自信たっぷりに言いきった。

ペンション殺人事件

　ズシン、ズシンという地響きに似た足音が聞こえてきた。カウベル付きのドアがあいて、象なみの巨体を誇る増加博士が姿を現わした。

「羽鳥警部。この老骨を、雪の降りしきる長野県白馬村《はくばむら》のペンションまで呼びつけたのだから、それなりの大事件なのだろうな」

「大事件というほどではありませんが、しかし、難しい事件であることは間違いありません。これはぜひ、犯罪捜査の巨匠である増加博士に解決していただきたいのです。とりあえず、ソファーにお座りください」

　中年刑事は、暖炉のあるリビングへ増加博士を案内した。巨匠が苦労して座ると、革製のクッションが悲鳴を上げてググッと沈んだ。

「それでは、事件のことを聞こうではないか。見たところ、死体もないようだが、どういうわけなのじゃ？」

増加博士は太い首を巡らして室内を見回し、不満気に言った。

「申し訳ありません。警察が来た時、死体は玄関にあったんです。すでに最寄りの大学病院に運んで、司法解剖を頼んであります。事件が起きたのは、昨夜の深夜近くでした」

「さっき、外で地元の若い警察官に聞いたが、このペンションのオーナーは、外国人だそうじゃな」

「ええ、オーストラリア人のマック・ドナルドという人です。五十七歳。奥さんは韓国人のカンジョン・ハラさんで、四十歳。最近は、オーストラリアや韓国からスキーに来る客が多く、ここも外国人専用のペンションみたいになっているようです」

「日本とオーストラリアとでは季節が逆転しておる。それで、向こうのスキーヤーやスノーボーダーが、夏になると、わざわざ日本まで来て雪山で滑るというわけなのじゃな？」

「そういうことです」

「で、容疑者というのは？」

「被害者の説明を先にいたしましょう。ベン・フランクリンという六十歳になる老人です。彼は東京在住で、宝飾品の売買を商いとしていました。趣味はスキー。毎年冬に、一週間、ここに宿泊するのが習慣になっていました。そして、実を言えば、彼が何故殺されたかは、ほぼ解っているのです」

「ほう？」

「彼は、小さなアタッシェ・ケース一つに、みっちり宝飾品を入れて持っていました。その中に、時価一億円はくだらないという大きなダイヤモンドがあったのですが、それがなくなっていたんです。昨夜の夕食の時に、皆にアタッシェ・ケースの中身を見せて、指輪や首飾りなどを売っていたそうです。つまり、犯人は彼を殺害して、最も高価なダイヤモンドを奪ったのですよ」

と、羽鳥警部は怒りをあらわに言った。

深く頷いた増加博士は、

「では、容疑者の名前を教えてくれ。それから、死体の状況もじゃ。どんなふうに見つかったのか知りたい」

と、催促した。

「容疑者は次のとおりです。まずは日本人の安達美佐子《あだちみさこ》、四十三歳。夫は貿易会社の社長で、オーナー夫婦の昔からの友人です。次に、オーストラリア人のトム・スペード、二十八歳。プロのスノーボーダーです。三番目は、ケイン・ミラー、三十二歳。トムの友人で、有名なアマチュア・ボーダーです。四番目が丘村研二《おかむらけんじ》、三十五歳。スノーボード雑誌のカメラマンで、トムらの滑りを撮影に来ました。

一応、全員の部屋や荷物などを調べましたが、ダイヤモンドは出てきませんでした。小さな物なので、隠そうと思えばどこにでも隠せますからね」

と、羽鳥警部は残念そうに言った。

「で、被害者が殺された状況は？」

「それについては、昨夜の降雪のことを説明しておく必要があります。夜七時頃から雪が降り始め、今朝未明まで降り続きました。事件発生時には、五センチ近い新雪が積もっていて、歩くと足跡がはっきりと残る状態でした」

「足跡が問題になるのかね」

と、増加博士は訝《いぶか》しげに尋ねた。

「窓から外を見てくださいますか。この本館の横に、ログハウスのコテージが並んでいますよね。あそこが被害者の死んだ場所です。隣に行くには玄関を出て、駐車場を通り、コテージの玄関まで小径《こみち》を行く必要があります。コの字形に歩いて十メートル以上あります」

「向こうが殺害現場なのか。だが、この本館の外や玄関を鑑識が調べた跡があったぞ」

「それには理由があります。昨夜、コテージを被害者が一人で使っていました。彼は、大きな花瓶で頭を殴られて倒れていたのですが、それをオーナーが発見しました。まだ息があったので、カーテンを窓から引きちぎって床に広げ、被害者の体を乗せると、向こうからこちらの玄関まで雪の上を引き摺ってきたのです。しかし、残念ながら、たどり着いた時にはもう絶命していました」

「何故、オーナーは被害者を抱いてこなかったのじゃ？」

「ベンは体が大きく、百キロ近くあったんです。ところがここのオーナーは痩せていて、抱き上げるほどの力がなかったんですな」

「だったら、誰かを呼びに戻れば良かったんじゃないか」

「それがオーナーは、頭部から血を流している被害者を見て、パニックになったと言っていました。一刻も早く手当をする必要があると思い、無我夢中で運んできたのだと言っていました」

「ふうむ。まあ、いいじゃろう。それで、オーナーが事件に気づいた経緯は？」

「ベンが内線電話を掛けてきて、オーナーが受話器を取ったんです。コーヒーとケーキの注文で、話している最中にベンが悲鳴を上げ、電話が切れたそうなんです。それで驚いたオーナーがコテージに行ってみたら、花瓶が割れており、頭に怪我をしたベンが床に倒れていました」

「犯人の足跡は？」

「そこに問題があるんです。オーナー夫人の通報を受けて警察のパトカーがここへ駆けつけた時、雪の上には、オーナーが行き来した跡しかありませんでした。もちろん、その半分以上は、重たい被害者を引き摺ってきた跡で消えていましたが」

「つまり、犯人の足跡なき殺人、ということになるわけじゃな！」

と、増加博士は興奮気味に声を上げた。

羽鳥警部は、つとめて冷静な顔で頷いた。

「オーナーが犯人でなければ、そういうことになります。犯人は足跡を雪の上に付けず、コテージまで往復したことになります。ただ、内線電話がかかってきて、オーナーが出た様子は、この部屋にいたトムとケインが見ています。そして、オーナーは血相を変えて玄関から飛び出していったと証言しています」

「本当は、オーナーが向こうに行った時に、被害者を殴り殺したということも考えられるな。ならば、足跡の件は問題にならん」

「それがそうでもないんです。というのも、被害者の指先に自分の血が付いていたので、コテージをよく調べてみました。すると、割れた花瓶の一番大きな破片の裏に、〈オカダ〉と血で書いてあったんです」

「おお！　ダイイング・メッセージか！　バッカスよ！」

と、増加博士はますます大声を上げた。

「たぶん、被害者を殴った犯人は、ベンが即死したと思ったのでしょう。ところが、彼はまだ生きていて、最後の力を振り絞って犯人の名前を自分の血で書き残したのです。割れた破片を裏返しにしたのは、犯人にそれを見つけられて始末されるのを恐れたからでしょう」

「断末魔にそれだけのことを考えるとは、人間の頭脳の働きはたいしたものじゃな」

と、増加博士は腕組みして感心した。

だが、羽鳥警部はしょげた顔で、

「そうは言っても、残念ながら、〈オカダ〉なる者はここにいません。一番名前の似ているのがカメラマンの丘村ですが、彼が犯人でないとすれば、外部から犯人がやって来たことになります。ところが、警察が駆けつけた時、道路もペンションの周囲も、まっさらな雪で覆われていました」

「結局、ペンション内にいた人間が怪しいというわけじゃな？」

「そうです」

「解った。ちょっと考えさせてくれ」

と増加博士は言い、目を瞑り、ソファーの背凭れに重たい体を預けた。一分ほどすると、巨匠は目を開いた。

「足跡の謎も、犯人の正体も解ったぞ」

「教えてください」

羽鳥警部は身を乗り出して頼んだ。

「簡単なことだった。犯人が本館とコテージを行き来した足跡だが、それは、オーナーが被害者を引き摺って、すっかり消してしまったわけさ。そのために、被害者の死体を移動するなどという面倒なことをしたのだろう」

「どうしてですか」

「犯人が、彼の妻のカンジョン・ハラだったからさ。コテージで、ベンと彼女との間に何らかのトラブルが起きた。そして、彼女は被害者を殴り、ダイヤを奪った。助けを呼ぶ内線電話をかけ、それに応じて夫が駆けつける。彼は彼女に、来た時の足跡の上を丁寧に辿《たど》って本館に戻れと命じた。そして、カーテンに乗せた被害者を引き摺っていき、彼女の足跡を完全に消してしまったのさ」

「ならば、あのダイイング・メッセージは？」

「韓国人の名字は漢字でも書くことができる。中でも日本からの帰化姓というものがあってな、それは日本人の名字と同じ字を書くのだ。〈カンジョン〉を漢字で書くと〈岡田〉なのじゃよ、羽鳥警部」

空中に指で文字を書きながら、増加博士は言った。

絞首台美女切断事件

「大変です、増加博士。大事件が起きました。密室殺人です。血腥い不可能犯罪です！」

ビアホールに飛び込んできた羽鳥警部は、増加博士に訴えた。

「ウォッホン。いいから、落ち着きたまえ。そこに座って、まずビールか水を一口飲むんじゃ。それから、状況を説明してくれ」

椅子に座り、肩で息をしながら羽鳥警部は、

「増加博士。あなたは、東京の奥多摩湖《おくたまこ》の近くにある〈コンドルソード城〉を御存じですか。フランスの古城を、バブルの時期に、ある日本の金持ちが買い取り、そっくりそのまま、奥多摩湖のほとりに移築したものです。今回の事件は、そこで起きまし

た。前代未聞の、摩訶不思議《まかふしぎ》な殺人事件が！」

「本当に密室殺人なのかな？」

「ええ、本当です。ですから、あなたにしか、この奇怪な謎は解けないでしょう！」

「まあ、わしはそういうことは得意じゃがね」

と、巨匠はまんざらでもない顔で言った。

「とにかく非常に神秘的な事件です。何故なら、美女が断頭台の上で殺されました。それも、一瞬にして、胴体を真っ二つにされたんです。断頭台が置かれているのは、城の中庭の一つで、出入り口は一ヵ所しかなく。それは内側から閂《かんぬき》がかけられていました。中庭の様子は、四方を囲む隔壁の上の歩廊から眺められます。ちょうど殺人が起きた瞬間、歩廊には被害者の婚約者が立っていて、中庭には誰もいなかったことを証言しています。

殺されたのは、元オリンピックの新体操の選手で、三崎春菜《みさきはるな》という女性です。御存じですか」

「おお、知っておるとも。前々回のオリンピックで、銅メダルを取った女性じゃな。美貌《びぼう》のアスリートで、男性遍歴がとても派手なことでも有名なのだろう？」

「そうです。そして、その春菜が、ようやく、ある男性と結婚することになりました。その男性とは、パチンコ業界の御曹司と呼ばれる矢口健太《やぐちけんた》です。〈コンドルソード城〉の持ち主は、彼の父親の兼三《けんぞう》です。そこで、昨日、婚約発表パーティーが開かれたわけなのです。

事件の発生は、昨夜の午後十一時頃。パーティーが終わって、ほとんどの者は割り当てられた宿泊用の部屋に戻るか、古城の地下にあるバーで酒を飲んでいました。春菜は『酔ったので、風に当たりたい』と言い、健太を中庭の隔壁の上にある歩廊へ連れ出しました」

「中庭の大きさと隔壁の高さは？」

「中庭は二十メートル四方。隔壁の高さは約十メートルです。隔壁の四隅に塔があって、中に螺旋《らせん》階段があります。それから、中庭の南側の隔壁の前に、断頭台、つまり、ギロチンが置かれています。これは、フランス製の本物だそうです。台の部分は別の絞首台のものが用いられていて、両側に階段があります。ギロチンの横にあるレバーを引くと、足下の床が一気に落ちる仕組みです」

「断頭台と絞首台を組み合わせるとは、悪趣味な話じゃな」

と、増加博士は顔をしかめた。

「どちらも古くてガタが来ていたため、合体させたとのことでした」

と、羽鳥警部は説明した。

「それで？」

「しばらく、二人は歩廊に立って星を眺めていました。それから、春菜が『あなたを驚かせてあげる。ちょっと待っていて』と笑いながら言い、その場を離れました。少しすると、彼女が中庭から彼の名を呼びました。健太が下を覗くと、彼女が手を振りながら、絞首台に上がるところでした。

その時、南西の塔から、健太の父親である矢口兼三がやって来て、息子に話しかけました。彼は葉巻を吸っており、息子にも一本渡しました。それから、自慢のライターで、息子の葉巻に火を点けてやりました。

その時でした。中庭から、恐ろしい悲鳴が聞こえたのです。春菜の絶叫でした。二人はびっくりして下を見ました。すると、断頭台の真ん中で、彼女が仰向けになって倒れていて、死んでいたのです。胴体が真っ二つに切断されており、上半身と下半身が少し離れた状態になっていました。その間には、真っ赤な血が盛大に流れ出ていました。

二人は慌てて階段を下りると、中庭に入るため、木製の扉まで走りました。しかし、扉の取手を引っ張りましたが、開きません。中庭側から横木状の閂がかかっていたからです。どうやら、春菜がかけたようでした。

彼らは扉に体当たりしましたが、ビクともしません。それで、健太が近くの物置から斧を取ってきて、扉を壊したのです。父親が割れた板の隙間から手を差し込み、閂をはずしました。そして、扉を開いて、二人は中庭に飛び込んだのです。

断頭台の階段を駆け上がった健太は、そこで愕然となりました。彼の目に信じられないものが飛び込んできたからです」

「何を見たんじゃ?」

「正確に言えば、見たのではなく、見なかったのです。何故なら、そこに、さっき目撃したばかりの、あの春菜の死体がなかったからなのです。血溜まりはありましたが、切断された死体が消え失せていたのですよ!」

と、羽鳥警部は絶叫気味に言い、増加博士は疑るような目で尋ねた。

「台の中はどうじゃな。足下が開く仕掛けなのだから、中は空じゃろう?」

「血が地面に垂れ落ちていましたが、その中は空でした。死体はありませんし、誰も隠れていません。中庭には、健太と兼三しかいなかったのです。これは確かなことです」

「ギロチンに血は?」

「刃は血で濡れていました。健太たちは、春菜がそれで殺されたのだろうと考えました」

「彼女がギロチンを使って、自殺した可能性もあるのではないかな？」

「そうだとしても、死体はどうしたのでしょうか。誰かが健太たちの目を盗み、わずかの時間の間に、死体を持ち去ったとしか思えません。ですが、その方法が、私には皆目見当がつかないのですよ」

「死体は、その後も見つからないのじゃな」

増加博士が低い声で尋ねると、羽鳥警部は首を振り、残念そうに答えた。

「いいえ。それが今朝、奥多摩湖に浮かんでいるのが発見されました。死体は、胴体部分で二つに切断されていました」

「凶器は、ギロチンで決まりかね」

「それが、違うのです。致命傷は鈍器による後頭部への殴打で、胴体は、斧か何かで何度か斬りつけて、強引に切断されていました」

「変な話じゃな」

「そうです。ですから、この不気味な謎を、あなたに解き明かしていただきたいのですよ」

と、羽鳥警部は期待感をあらわにして、太った犯罪捜査の巨匠の顔を見つめた。

増加博士は視線を返して、尋ねた。

「どうせ、優秀なおぬしのことだ。春菜の男関係などはもう洗ってあるのだろう？」

「ええ、あります。実は春菜は、父親の兼三の方と肉体関係があり、何か秘密を握っていて、多額の金をせしめていました。息子との結婚も、兼三への脅しの一環のようです」

「すると、おぬしは、兼三が犯人だと睨《にら》んでおるのじゃな」

「そうです」

「では、ちょっと考えさせてくれ——」

そういうと、増加博士は目を瞑り、腕組みして考え込んだ。羽鳥警部は、ビールのお代わりをウエイターに持ってこさせた。

「おお、バッカスよ！　わしの愚鈍な頭の中に閃きが生まれたぞ！」

目を開いて、増加博士が叫んだ。

「真相が解ったのですね！」

「春菜は、フリルなどでフワフワした、スカートの長い服を着ていなかったかね」

「ええそうです」

「となると、真実は一つじゃな。春菜は悪戯心で、自分で言ったように、健太を奇術の手法で驚かせようと思ったのさ。中庭に入って扉に閂をかけ、彼に手を振り、断頭台に上がる。その時、彼女と打ち合わせ済みの父親が健太に話しかける。健太の目が中庭から逸《そ》れた隙に、彼女は足下の床を開いて、その穴に自分の下半身を入れる。また、中から、事前に隠しておいた下半身の偽物を取り出して、穴の向こう側に置く。それは張りぼてであり、たぶんスカートの中は針金の型だけの軽いものだったはずじゃ。

その張りぼてには赤く塗った出っ張りがあって、穴の隙間を塞ぐようになっている。春菜はそこを中心に、ビンにでも入れておいた血を盛大に流しておく。それから、彼女は背中を思いっきりそらし、悲鳴を上げる。彼女は新体操選手だから、九十度近く体を反らすことができても、わしは驚かないね。この状況を上から見ると、あたかも、彼女の胴体が真っ二つにされたかのようになるわけさ」

「でも、彼女はどうやって、中庭から脱出したんですか？　扉には閂がかかっていましたよ」

と、羽鳥警部は驚き顔で確認した。

「健太が斧を取りに行っている間に、彼女は偽物の下半身を抱えて、扉から外に出たのさ。兼三の脇を通ってな。つまり、健太が斧で扉を叩き割った時には、もう閂はかかっていなかったのだな。割れた所から中に腕を入れた兼三は、閂をはずす振りをしただけなのじゃよ。これは、簡単なトリックじゃが、心理的な欺瞞として、非常に有効なものだぞ」

「で、後になって、兼三が春菜を殺したのですね」

「そういうことじゃ。少しして城の外で落ち合った時に、兼三は彼女を殴り殺した。斧で胴体を切断し、死体を湖に捨てたというわけじゃよ。実に非道な、恐ろしい犯罪じゃな」

増加博士は顔をしかめ、唸るように言った。

〈初出〉

「ダイヤのJ」　ニコリ　2005年夏号　Vol.111
「狐火のマジック」　ニコリ　2005年秋号　Vol.112
「ドラキュラ殺人事件」　ニコリ　2005年冬号　Vol.113
「人工衛星の殺人」　ニコリ　2006年春号　Vol.114
「死者の指先」　ニコリ　2006年夏号　Vol.115
「ペニー・ブラックの謎」　ニコリ　2006年秋号　Vol.116
「ある陶芸家の死」　ニコリ　2007年冬号　Vol.117
「北アルプスのアリバイ」　ニコリ　2007年春号　Vol.118
「花の中の死体」　ニコリ　2007年夏号　Vol.119
「おクマさん殺し」　ニコリ　2007年秋号　Vol.120
「果物の名前」　ニコリ　2008年冬号　Vol.121
「カツラの秘密」　ニコリ　2008年春号　Vol.122
「火炎の密室」　ニコリ　2008年夏号　Vol.123
「ゴカイと五階」　ニコリ　2008年秋号　Vol.124

「パソコンの中の暗号」　ニコリ　2009年冬号　Vol.125
「猟奇的殺人」　ニコリ　2009年春号　Vol.126
「トランプ・マジック」　ニコリ　2009年夏号　Vol.127
「物質転送機」　ニコリ　2009年秋号　Vol.128
「〈M・I〉は誰だ？」　ニコリ　2010年冬号　Vol.129
「密室の中の死者」　ニコリ　2010年春号　Vol.130
「嘘つき倶楽部」　ニコリ　2010年夏号　Vol.131
「嘘つきのアリバイ」　ニコリ　2010年秋号　Vol.132
「〈増加博士の講演〉から」　ニコリ　2011年冬号　Vol.133
「呪われたナイフ」　ニコリ　2011年夏号　Vol.135
「謎めいた記号」　ニコリ　2011年秋号　Vol.136
「ペンション殺人事件」　ニコリ　2012年冬号　Vol.137
「絞首台美女切断事件」　ニコリ　2011年春号　Vol.134

この作品は二〇一二年五月に講談社ノベルスとして刊行されました。

|著者| 二階堂黎人　1959年東京都生まれ。中央大学理工学部卒業。在学中は「手塚治虫ファンクラブ」会長を務める。'90年に第１回鮎川哲也賞で『吸血の家』が佳作入選、'92年『地獄の奇術師』を書き下ろし単行本として上梓し、推理界の注目を集める。主な著書に、二階堂蘭子シリーズ『人狼城の恐怖』四部作、『魔術王事件』、『双面獣事件』、『覇王の死』、『ラン迷宮』、『巨大幽霊マンモス事件』、水乃サトル・シリーズ『鬼蟻村マジック』、『智天使《ケルビム》の不思議』、『誘拐犯の不思議』、『東尋坊マジック』、渋柿信介シリーズ『クロへの長い道』、『ドアの向こう側』など。

増加博士《ぞうかはかせ》の事件簿《じけんぼ》
二階堂黎人《にかいどうれいと》

講談社文庫
定価はカバーに
表示してあります

2018年８月10日第１刷発行

発行者――渡瀬昌彦
発行所――株式会社　講談社
東京都文京区音羽2-12-21　〒112-8001
電話　出版（03）5395-3510
　　　販売（03）5395-5817
　　　業務（03）5395-3615

デザイン―菊地信義
本文データ制作―講談社デジタル製作
印刷―――豊国印刷株式会社
製本―――株式会社国宝社

Printed in Japan

ISBN978-4-06-512416-1

講談社文庫刊行の辞

二十一世紀の到来を目睫に望みながら、われわれはいま、人類史上かつて例を見ない巨大な転換期をむかえようとしている。

世界も、日本も、激動の予兆に対する期待とおののきを内に蔵して、未知の時代に歩み入ろうとしている。このときにあたり、創業の人野間清治の「ナショナル・エデュケイター」への志を現代に甦らせようと意図して、われわれはここに古今の文芸作品はいうまでもなく、ひろく人文・社会・自然の諸科学から東西の名著を網羅する、新しい綜合文庫の発刊を決意した。

激動の転換期はまた断絶の時代である。われわれは戦後二十五年間の出版文化のありかたへの深い反省をこめて、この断絶の時代にあえて人間的な持続を求めようとする。いたずらに浮薄な商業主義のあだ花を追い求めることなく、長期にわたって良書に生命をあたえようとつとめるところにしか、今後の出版文化の真の繁栄はあり得ないと信じるからである。

同時にわれわれはこの綜合文庫の刊行を通じて、人文・社会・自然の諸科学が、結局人間の学にほかならないことを立証しようと願っている。かつて知識とは、「汝自身を知る」ことにつきていた。現代社会の瑣末な情報の氾濫のなかから、力強い知識の源泉を掘り起し、技術文明のただなかに、生きた人間の姿を復活させること。それこそわれわれの切なる希求である。

われわれは権威に盲従せず、俗流に媚びることなく、渾然一体となって日本の「草の根」をかたちづくる若く新しい世代の人々に、心をこめてこの新しい綜合文庫をおくり届けたい。それは知識の泉であるとともに感受性のふるさとであり、もっとも有機的に組織され、社会に開かれた万人のための大学をめざしている。大方の支援と協力を衷心より切望してやまない。

一九七一年七月

野間省一